인항문단 시선

그리움에도 꽃이 핀다

꽃이 피었다고
호들갑 떨지 마세요.
꽃이 저버렸다고
서러워하지도 마세요.
꽃이 피고 지는 건
다 이유가 있을 테니
그저 바라만 보아주세요.

조행복

경남 양산에 살고 있는 조행복은 아이들을 사랑하는 마음으로 어린이집 보육교
사일을 장기간 하다가 현재는 유치원에서 돌봄교사로 재직 중에 있습니다.
인향문단과 인연을 맺으면서 시, 수필, 동화, 소설 등 다양한 장르의 글쓰기 습
작을 해 왔습니다. 앞으로 소설가의 꿈을 이루기 위해 노력하면서 꾸준한 글쓰
기 활동을 계속해 나갈 것입니다.

인향문단 시선 025
그리움에도 꽃이 핀다

초판 인쇄일 2022년 8월 30일
초판 발행일 2022년 8월 30일

지은이 조행복
펴낸이 장문정
펴낸곳 도서출판 그림책
디자인 토마토
출판등록 제2010-000001
주소 경기도 수원시 영통구 이의동 웰빙타운로 70
연락처 TEL070-4105-8439 (010)2676-9912
E-mail : khbang21@naver.com

그리움에도 꽃이 핀다

조행복

꽃이 피었다고
호들갑 떨지 마세요.
꽃이 저버렸다고
서러워하지도 마세요.
꽃이 피고 지는 건
다 이유가 있을 테니
그저 바라만 보아주세요.

"그리움에도 꽃이 핀다"를 펴내며

메밀전 익어가는 소리, 창밖에 내리는 빗소리가 구수하게 들립니다. 그 사이에 음악 소리도 삼박자로 섞여 있습니다.

인생의 삼박자는 무엇일까요? 돈, 사랑, 명예, 사람들의 입에서 흔히 말하고 많이 원하는 것들입니다. 여기에 건강을 더하면 사박자가 됩니다. 인생이 내 뜻대로 되고 흘러가 준다면 좋겠지만 절대 그렇지 않습니다. 인생이 우리를 기쁘게 할 때도 있지만 힘들고 괴롭게 할 때도 있습니다. 아프고 슬프게도 합니다. 또 그리움에 지치게도 만듭니다. 사랑을 알게 하다가도 이별을 경험하게 만들고 돈과 명예욕에 부풀게 했다가 소중한 건강을 상실하는 비극을 맞게도 합니다.

자신의 것이라고 해서 인생을 장담할 수 있는 사람은 아무도 없습니다.

살아오면서 참 많은 경험을 했습니다. 그중 숱하게 겪었던 만남과 이별은 단련해 나가야 할 훈련이었던 것 같습니다. 기억의 어느 한 페이지를 넘기지 못하고 끝까지 붙잡고 놓지 못하게 될까 봐, 세월이 흘러도 변하지 않을까 봐 두려웠던 때가 있었습니다. 그때마다 종이에 글자를 새겼습니다. 처음에 원망스러웠던 마음이 나중에는 그리움으로 바뀌어 있다는 것을 눈으로 확인하고 난 후부터는 끝없이 써 내려갔습니다. 그리움으로 가슴에 멍울이 생겨 아픔을 느낄 때 더 많은 글을 써야 했습니다. 그리움이 몰려올 때마다 밤, 낮

가리지 않고 썼습니다. 아무리 생각해도 그리움을 달랠 방법은 그것밖에 없었습니다. 그렇게 쓰고 쓴 글들은 모여서 시가 되고 노래가 되어 꽃밭으로 일궈졌습니다.

억센 소나기가 그치고 나면 말간 하늘이 보입니다. 아프고 힘들었던 기억의 상처도 시간이 지나면서 점점 아물어져 가고 새살이 돋아났습니다. 그곳 마음 밭에 글밥 씨를 심어 잘 가꾸었더니 꽃이 피어났습니다. 그리움과 함께 시작된 글쓰기는 제 마음속 상처를 깨끗이 치유했습니다. 생생한 삶의 이야기가 담겨져 있는 진솔한 글로 한 사람 한 사람에게 다가가고 싶다는 마음으로 책을 펴내게 되었습니다. 삶에 지쳐서 힘겨워하거나 외롭다고 느끼시는 분들과 아직도 이별의 슬픔으로부터 벗어나지 못했거나 후유증으로 괴로워하시는 분들, 그 외에 삶의 여러 다양한 형태로 힘들어하시는 모든 분들에게 제 글이 가슴을 촉촉이 적시는 단비 같은 역할을 해 주었으면 좋겠습니다. 책을 읽으면서 울고 웃으며 함께 마음을 나누고 싶습니다. 이렇게 글을 통해서 희망과 행복 메시지를 전해 드릴 수 있게 되어 기쁩니다. 감사합니다.

조행복 시에세이 - 그리움에도 꽃이 핀다

CONTENTS

2부

인향문단 시선

그리움에도 꽃이 핀다

1부

엇박자

한 잔의 술로 마음을 적시고
또 한 잔의 술로 그리움을 달랜다.

한 사람이 이별을 말하고
다른 한 사람은 사랑을 노래한다.

우정은 갈수록 멀어져 가고
사랑은 갈수록 깊어져 가네.

그대 생각나

터벅터벅 집으로 돌아오는 길에 눈물 한 방울 툭 하고 떨어집니다.
그대 생각이 밀물처럼 밀려와 내 속에 정신없이 파고듭니다.
무거운 발걸음 한 발 한 발 뗄 때마다 가슴도 아릿하게 저려옵니다.
그립다 말을 할까, 보고 싶다 말할까 한참 동안 서성거렸습니다.

그 날의 달콤했던 입맞춤의 기억이 남아 내 입술을 파르르 떨게 합니다.
가슴 속 깊이 깊이 그댈 향한 그리움으로 꽉꽉 채워졌습니다.
그대의 따뜻한 숨결소리, 향기로운 그대 살내음은
지금도 곁에 있는 듯 느껴지지만
아주 오래전에 내 곁을 떠난 그대는 메아리가 되었습니다.

영영

원망으로 가득 찼던 마음이 어느새 그리움으로 변해 버렸습니다.
땅거미가 질 때, 길을 가다 넘어져 아파서 울었을 때,
비바람이 내 창을 두드릴 때, 그리고 쉽게 잠들지 못했던 날.
그때마다 어김없이 나를 찾아와 괴롭혔습니다.
붙잡고서 실컷 울어나 볼 수 있게
꿈속으로 찾아와 달라고 애원했던 적도 참 많았습니다.
누구라고 불러야 할지, 무어라고 말해야 할지 모르는 것은
서로가 마찬가지일 거라 생각됩니다.
해와 달이 바뀌고 저 하늘에 별이 쏟아질 때
영영 변하지 않을 것은 내 안에 가득한 그 사랑인 줄 알았습니다.

가시처럼 깊이 박힌 기억들은 시간이 흘렀어도 여전히 그대로입니다.
모르는 채로 살아가야 하는 사람인 줄 잘 알기에
꼭 잊을 거라 굳은 맹세를 하였습니다.
손 내밀어도 닿지 않을 인연이라면 차라리 저 멀리 떠나가 달라고
소리쳐 울었던 날도 수없이 많았습니다.
다시 돌아가 볼 걸 그랬다고 후회했던 일들은 남아 있지 않습니다.
긴 긴 밤이 지나면 새아침이 밝아 오듯이
내게 다시 새로운 사랑이 찾아올 거라 믿었습니다.
눈을 감아도 눈을 떠도 아직 남아 있는 것은
귓가에 속삭였던, 다정했던 그 목소리 하나뿐입니다.
처음에 사랑했던 그 사람이여! 그 사람이여!
이제는 말없이 내 곁을 영영 떠나가 주세요.

눈꽃

장난감 놀이를 하던 아이가 눈이 온다고 소리친다.
창문 밖으로 함박눈처럼 꽃잎이 펄펄 내린다.
아이를 무릎에 안고 떨어지는 꽃잎을 바라본다.
아이가 소리치며 보았던 눈,
내 가슴속으로 스미듯 내려앉는 눈 형태가 똑같았기에
땅에 떨어진 것들 속에서 제 것을 각각 찾을 수가 없었다.
바람결 따라 흩어지는 봄꽃 눈을 바라보고
겨울 눈 대신이라며 우린 함빡 웃었다.

아이를 잠재우고 밖으로 나가
눈이 된 꽃을 온 몸으로 맞는다.
짙은 향기로 실려 오는 그리움에 가슴이 서늘해진다.
한 장 한 장 흩어지며 땅바닥에 자욱이 내려앉은 꽃잎은
발길에 채여 말갛게 변해버린다.
손가락에 묻어나는 꽃향기가
코끝에 솔솔 전해지는 어느 봄날
벚꽃 그늘에 기대어 잠시 동안
숨을 고르고 돌아왔다.

그림자가 말을 걸어왔다

산골 마을은 어둠이 내리기 시작하면 제일 먼저 동네 어귀에 있는
가로등 불빛을 밝힌다.
그 일은 누군가에게 정해진 몫이 아니기에
어둠을 제일 먼저 알아차린 사람이 시행하면 될 일이다.
가로등 불빛에 의지하며 한걸음 한걸음 내딛을 때 길게 드리워진
그림자가 저만치 앞서간다.
길어졌다. 짧아졌다. 요술이라도 부리듯이 모양을 달리하던
그것은 내 갈 길을 익히 알고 있는지라
정확하게 한 발 먼저 앞서며 길 안내를 한다.

이른 저녁잠을 물리치지 못한 탓에 서둘러 깬 날
마른 땅을 밟고 서서 하늘을 본다.
보석처럼 무수히 박혀 있는 반짝이는 별들 사이로
존재를 드러내는
달빛이 환하게 비칠 때 잠은 완전히 달아났다.

그림자가 내 발밑에 깔려 있을 때 이상한 상상을 하곤 했다.
그림자를 밟지 않고 걸어 보려고
한발을 높이 들어 깡총 뛰어 보고,
두 발은 땅에 지탱한 채 몸만 이리 저리 움직였다.

그림자는 그때마다 비웃기라도 하는 양 여지없이 나를 따라했다.
길목마다 그림자가 버티고 서서 막고 있어 무시 하는 건
헛수고에 불과하다는 걸 알고는 인정하기로 했다.
그때부터 그림자는 내 발치 끝에 더 단단히 달라붙었다.

어떤 날은 내 방까지 따라올 때도 있었는데
그때는 방문가에서 안녕 인사를 하고
되돌아 나갔다.

목련이 피면

목련꽃 피고 지는 계절
우리가 이별한 까닭에
다시 생각나는 그 사람

하얗게 핀 목련꽃 거리에서
수줍어 고개 떨구고 있는 나에게
안녕이란 두 글자만 남기고 간 야속한 그 사람

세월이 가고 목련꽃이 피고 지는 동안
변함없이 그리움만 내 곁에 남아
목련꽃 그늘 아래 하늘을 처다본다.

그리움에게

아주 많은 시간 속에 고스란히 박혀 있는 그리움은
세월이 한참 흐른 후에도 퇴색되지 않았습니다.

잡힐 듯 잡히지 않는, 보일 듯 보이지 않는 그대 형상은
사시사철 늘 푸른 소나무처럼 내 가슴속에 살아 움직입니다.

이제는 빛바랜 추억이 되어 버린 그대와 나의 사랑이지만
지금껏 살아온 내게 그것은 한 줄기 희망입니다.

먼먼 길을 돌고 돌아 그대를 만나는 행운이 주어진다면
그때는 망설이지 않고 내 사랑을 모두 쏟아 내어 바치겠습니다.

꽃이 피다

광활한 우주를 이불 삼아 메마른 벌판에 누웠을 때
우리 사랑이 시작되었습니다.
그날은 탐스런 꽃송이가 재잘 되고,
여기 저기 벌과 나비가 날아들어
쉴 새 없이 오가고, 태양은 뜨겁게 내리쬐었습니다.
손차양을 만들어 내 곁에 그림자를 만들어준 그대는
한껏 졸린 눈을 비비며 나른함에 젖었고,
나는 그의 팔베개를 하고 조용히 눈을 감았습니다.

벚꽃이 만발할 때
그대는 사랑이란 이름을 달고 소리 없이 내게 다가왔습니다.
잘 어울리는 청바지에 두 손을 찌르고 수줍은 미소를 띤 그대는
천상의 아리따운 소년이었습니다.
그가 내 이름을 불러 주었을 때
감미로움을 느꼈고 그가 내 두 어깨에 손을 올렸을 때는
황홀함에 젖어 가슴이 심하게 요동쳤습니다.
지금껏 내가 그의 유혹에서 벗어나지 못하고 있는 이유가
아마도 그런 까닭인가 봅니다.
꽃길을 걸어가노라면 더욱 더 그대 생각이 납니다.

비

지금 밖에는 한없이 비가 쏟아집니다.
이렇게 추적추적 내리는 비는
나를 떠나보내기 아쉬워하는 당신의 눈물인가요?
보내는 이가 당신이라면 떠나는 건
나의 선택이기에 결코 뒤돌아보지 않으렵니다.
그리고 당신을 원망하지도 않을 겁니다.
당신을 한없이 그리워하며 애태우지만
돌아오실 기약 없는 당신인 줄 알기에
기다림에 지쳐 떠나는 나는 당신을 원망할 이유가 없습니다.
지금처럼 이렇게 비가 오는 날엔
그 옛날 당신을 기다리며 흘러듣던 배따라기 노래가 생각납니다.
그때도 당신은 나에게 돌아오지 않았지요.
당신 덕분인지
그날 이후로 비 오는 날은
내게 있어 슬픈 날이 되어 버렸습니다.

그만해

잊어야 한다고 생각을 해놓고
돌아서서 냉정히 떠나왔는데
시간이 지나면 잊혀질 거라 믿었었는데
아직도 잊지 못하고 오늘도 보고파서 운다.
안 좋은 기억을 떠올리며 더는 돌아보지 말자고 애써 노력해 봐도
가슴이 꼭 붙잡고 놓아주지 못하나 봐
슬퍼서 너무 슬퍼서 보고파 너무 보고파
이러면 안 되는 줄 알면서도 나도 모르게
심장이 아파서 또 이렇게 운다.
다시는 돌아가고 싶지 않기에

똑같은 아픔을 겪고 싶지 않기에 애써 참아보지만
마음이 슬퍼서 떠나가지 못하나 봐
사람에게서 받은 상처는 사람으로 치유된다는 말이
위로가 됐으면 참 좋겠다.

갈구

마음이 시려오네요.
누구라도 내 가슴에 살짝 노크해 주어요.
놀라서 도망가지 않도록 큰 소리로 말고
아주 작은 목소리로 가만가만 속삭여 주세요.
사랑한다는 거창한 말은
오랜 시간이 지나고 나서야 믿게 될 거에요.
왜냐하면 난 이미 한번 사랑에 빠져 본 적이 있는,
바보가 아니니까요.
나를 아프게 하면 안돼요.
그러려면 차라리 처음부터 다가오지 마세요.
내 마음 확인하려고 애쓰지도 말아요.
비록 상처를 안고 살아가는 나지만
새로운 사랑을 갈망하는 나에요.
혹시 이런 내가 의심된다면 가던 길
그냥 멀리 떠나가세요.
가시다가 미련이 생겨 뒤돌아보는 건 상관하지 않겠어요.
그때는 나를 가만히 내버려 두세요.
그러다가 내가 맘에 들어가거든 돌아와 꼭 안아주어요.

인연

만 갈래 흩어져 보푸라기 같은 삶들이 모여서 타래가 됩니다.
지난 생에 어떤 의미를 부여해 왔겠지만
새로운 삶의 모습에도 가치를 새기고 싶습니다.
발길이 닿는 곳에서 여유로움을 느끼고 쉼을 얻습니다.

'옷깃만 스쳐도 인연'이라 하기에
우리들의 삶 속에는 무수한 인연들이 깃들어 있지요.
정작 포근한 마음까지 내어주고 깊이 물들어 가길 원하는
그런 만남은 결코 흔하지 않습니다.
뒤돌아서면 아쉬움이 남아 다음 날을 기약하면서,
하염없이 기다리며
그리워하는, 그런 만남을 간절히 원합니다.
때로는 비에 젖은 꽃향기에 취하고
가끔은 밝은 햇빛 속에 녹아들어
함께 정열을 불태우는 인연이고 싶습니다.
서로가 아끼고 소중히 여기는 날들이 쌓여 만들어지는
참다운 인연 ,
소중한 인연이 되고 싶습니다.

만약에

되돌릴 수 있다면

처음으로 돌아가고 싶다.
초록 잎사귀가 발끝을 톡톡 두드리면
가슴 언저리가 간질간질했던 그 때로.
사랑스런 눈길로 멀리 돌아오는 그 모습 바라보고
웃음 짓던 그 때로

기다림을 시간으로 채우다가도
어김없이 찾아 올 거란 걸 알고
가슴 설레던 그 때로
만약 모든 걸 되돌릴 수만 있다면
신음이 흘러나오지 않던
그 시간 속으로 다시 돌아가고 싶다.

엇갈린 인연

우린 서로 인연이 아니었나 봅니다.
당신이 내게 불처럼 다가왔다가
아주 쉽게 떠나간 걸 보면 말입니다.
이해할 순 없지만
받아들이는 중입니다.
시간이 약이겠지요.
집착도 사랑의 한 방식이라 생각하는
나지만
돌처럼 단단히 굳은
당신의 마음을 보았으니
이젠 나도 말없이 떠나갈게요.
우리 멀리서나마
서로의 행복을 빌어주기로
약속해요.

지금은 이별 중입니다

사랑은 아픈 거라고
누가 내게 말을 했던가요.
좋아한다고 사랑한다고 말해놓고
가버리면 그만인가요!
먼저 이별을 말하고 떠나 버리면
괜찮을 거라 생각했는데
쉴 틈 없이 바쁘게 일을 하고
잡념이 사라지면
생각나지 않을 줄 알았는데
삶 속에 박힌 무수한 기억들이
나를 힘들게 하네요.
그래도 잊어줄게요.
지치게 만든 지난 시간들을
또 다시 반복하고 싶지는 않으니까요.
사랑이 깊어지면 더 멀어져가는 사람
한없이 내게 똑같은 아픔을 건네 준 사람
언제까지나 그 자리에 서서
기다리는 등대가 되기보단
그냥 말없이 떠나가는 배가 될래요.
빈 가슴 가득 채워줄
다른 사랑 찾아 떠나서.

오늘이 지나면

가고 없는 오늘은 다시 오지 않으리.
같은 음식을 먹고 같은 옷을 입어도
이 시간 멈춘 자리 돌아올 수 없어
일기장을 넘기면
새로운 날이 되듯이
잠에서 깨어나면 오늘은 가고 없으리.
같은 땅 하늘 아래 마주 보고 웃어도
모든 건 스쳐 지나 가버리는 시간일 뿐
변하는 기억 속의 한 페이지에 담겨지듯아…

울부짖을 자유

울고 싶은 사람은 합당한 핑계거리를 대는 것도 좋다.
얼마나 울고 또 울어야 이 가슴 시원해질까
삶의 무게에 지쳐 한없이 버겁다고 느낄 때
주어진 현실을 감당 못해 굴복하며 주저앉고 싶을 때
그때가 바로 울고 싶은 순간이다.
내 몫이라고 정해진 슬픔덩이 만으로 충분하기에
다른 것들과는 관계하지 않으려 한다.
비극적인 소설책을 접고
감동의 시나리오 단막극을 펼치지 않는다.
하루에도 몇 번씩 헷갈린다.
지금 일어나고 있는 일이 꿈인가 생시인가 가늠하기 힘들다.
그럼에도 받아 들여야 한다는 건 잘 안다.

비처럼 음악처럼

생각을 하지 말자고 다짐하면서 다시 생각하는 건
결코 아쉬움 때문만은 아니랍니다.
아직 미련을 다 버리지 못했다고 말하고 싶은
그댈 향한 그리움입니다.

창문을 열고 빗소리에 잠겨
가만히 그대를 그려봅니다.
지나간 날의 옛 추억이 떠오를 때면
촛불 하나 밝혀놓고 두 손 모아 조용히 기도합니다.

비처럼 음악처럼 흐르는 눈물이
우리들의 못다 했던 사연을 말한다 해도
처음으로 돌아가지 못하는 건 마찬가진데
세월이 저만치 흘러 가버렸다고 탓한들
이제 와 무슨 소용이 있겠어요!

멀리서 울리는 새벽 교회 종소리가
은은하게 귓가에 들려와
비처럼 음악처럼 서글퍼지는 날이 찾아올 때면
나도 몰래 까만 밤을 하얗게 하얗게 꼬박 지새웁니다.

섭리

꽃이 피었다고 호들갑 떨지 마세요.
꽃이 저버렸다고 서러워하지도 마세요.
꽃이 피고 지는 건 다 이유가 있을 테니 그저 바라만 보아주세요.
꽃이 언제 피고 졌느냐고 묻지도 말아줘요.
꽃잎이 바람에 떨어질 때 귀 기울여 가만히 들어보아요.
갔다가 내년 봄이 되면
다시 돌아오겠노라고 약속하는 소리 들리지 않나요?
그렇게 애달파 하지도 말고 서러워하지도 말라고 속삭이고 있네요.
인사 한마디 없이 홀쩍 떠났다고 너무 속상해 하지도 마세요.
만남 뒤에 이별이 있듯 이별이 있어야 만남이 있는 것을
우린 너무 잘 알잖아요.
바람을 따라가 버렸다고 시샘하지도 마세요.
꽃잎은 바람을 따라 훨훨 날아가지만
마음만은 당신 곁에 남아 있을 테니까요.
낮과 밤이 존재하듯
만물이 가고 오는 것 또한 자연의 섭리랍니다.
인연을 뉘라서 막을 수 있을까!
꽃이 피고 지는 것도 다 인연인 것을……

그대 사랑

외롭고 고달픈 삶이 힘들어 빈 들녘에 서 있을 때
그대란 사람이 달려와 주었습니다.
내 손을 잡고 걸어가
내가 좋아하는 넛츠 한 봉지를 사서 손에 들려주었죠.
외롭다고 하는 나를 가슴에 품어 끌어안고
사랑한단 말을 속삭였습니다.
나보다 너를 더 사랑한다 말하던 그 사람,
보고 싶단 말도 자주 해 주었습니다.
언제라도 내가 부르면 달려와 줄 거라고 약속하고
영원히 내 곁에 있겠다고 다짐했습니다.
아! 나를 사랑하는 그대가 있기에 슬퍼도 행복했습니다.
그대의 진실한 사랑을 믿었습니다.
불타는 가슴으로 영원히 함께할 거라 맹세했습니다.

생각의 차이

나에게 차갑게 굴던 사람이 다른 누군가에게
따뜻함을 보인다면 어떨까요?
굴욕이라 여기는 사람도 있겠고,
배신감을 못 이겨 치를 떠는 이도 있을 것입니다.
난 차라리 의연함을 가장하여
떠나는 쪽을 선택하렵니다.

곁에 머물러있지만 존재감을 드러내지 않는 사람은
이미 나와의 결별을 선언한 것입니다.
꽁꽁 묶여진 매듭 속에 감추어진 실오라기처럼
갈등 속에 빚어진 실마리를 찾는다는 건
그저 한 가닥 수고로움에 지나지 않을지라도
빗장을 걸어버린 싸늘한 마음의 걸쇠가
쉽사리 풀리지 않을 것은 뻔한 일입니다.

그렇기에 한순간 찾아오는 공허함이 허탈할지라도
다음 순간을 위해 빈 둥지를 남겨두고
과감하게 떠나가렵니다.

슬픔이 찾아오면

가끔 슬픔으로 혼자라고 느낄 때
휴대폰 속 전화번호부를 뒤진다.
딱히 누를 만한 번호를 발견하지 못하고
바람 빠진 고무풍선처럼 공허함만 차올라

답장이 오지 않는다는 걸 잘 알면서도.
익숙한 카톡창을 열어 마음을 담는다.
차단해 달라고 애원해 봐도 소용없는 일
비밀스런 일기장처럼 사용하면 그만이다.
감당하지 못할 슬픔이 찾아올 때면
머리를 벽에 기대고 누워 잠을 청한다.
눈썹이 떨리고 눈물이 볼을 타고 흘러도 닦지 않는다.
슬픈 가사의 멜로디는 이 순간 필요치 않아
흘러간 과거에 발목이 묶일 뿐이다.
어리석은 생각은 더 이상 하지 말자
마음을 다잡아놓고 또 흔들리고 만다.

슬픈 사랑

아파서 너무 아파서 몇 마디 남겨둔 채로
안녕! 하고 돌아서면 그만일 줄 알았는데
나도 몰래 그리움이 가슴속으로 자꾸만 번져가네.
아무런 예고 없이 불쑥 끼어든 그대는 내 마음의 반칙자
어떻게 알고 찾아왔는지 무엇 하러 여기까지 왔는지
소리 내어 묻고 싶어.
하루에도 몇 번씩 고개 들고 귀 기울이며
다녀갔던 흔적을 찾고 싶은 맘 그대는 알까
만약 내 삶이 평온하고 하늘도 허락한 사랑이라면
그 사랑에 흠뻑 취해서 기대보고 싶건만
암흑 속 길을 잃고 헤매는 초라한 이 내 삶
상처 입고 혼자 남겨지게 될까 봐 두려워
차마 기다려달라는 말을 용기 내어 하지 못하네.

변하지

누군가 말했지.
첫사랑은 가슴속에 묻어둘 때 아름다운 거라고.
세월이 흐르고 다시 만나서
서로의 모습에 실망할 지도 모른다고
핸섬했던 미소년의 해맑게 피었던 미소가 사라지고
숱 없는 민둥머리, 까만 피부와 주름살투성이 얼굴에
기대가 깨져 버릴 수도 있다고.

누군가 물었지. 아직도 아름다운 가슴을 가졌느냐고.
육체 나이가 중요하냐고 되물었을 때 '아니'라고 대답했지.
세월을 거스를 수 없는 건 슬픈 일이지만
진실이란 것도 알게 해 주고 싶었어.
아무 상관없다 말하던
힘없는 그 목소리가 귓가에서 영영 사라지지 않네.

그래

눈부신 햇살처럼 찬란한 우정은

한 때의 가뭄에 말라서 시들해지고

잘 익은 곡식처럼 농익은 사랑은

한바탕 소나기에 마음이 적셔지네.

산행길

올망졸망 모여 걷는 산방 식구들을 따라
부러운 듯 출랑대며 따라붙은 찬 바람은
산길을 굽이굽이 지나는 동안
외면당하고 돌아섰다.
햇살에 비쳐 보석처럼 반짝이는 낙엽이
자꾸만 발에 밟히고,
미끄러운 돌에 걸려 넘어지기도 하지만
일행들의 다정스런 한 마디 말에
힘을 얻는다.
신선한 공기를 마시며,
한 땀, 한 땀 수를 놓듯
한 발 한 발 앞으로 내딛는 발걸음 따라
에너지가 솟구친다.
정상에 올라
마음 한 자락씩을 내주며 둘러앉아
맛있게 차려진 식탁은
산을 오를 때의 고단함과
시름들을 잊게 한다.
오를 때 힘든 게 산행이라 하지만
오르지 않고서야
어찌 이리 좋은 것들을
맞이할 수 있으랴!

미련

나에게 더 이상 미련 갖지 말아요.
당신은 그때 내 수수께끼를 풀지 못했잖아요.
끝까지 알려고 하지도 않았고 어렵다는 이유로 포기한 사람이에
요.
기회는 그다지 많지 않다는 걸
정녕 모르지 않을진대 그냥 떠나가고
말았잖아요.
그래놓고 이제 와서 나보고 어떡하라고
가슴을 저미게 하는 건가요!

나를 흔들어도 돌아설 수 없어요.
내 곁에는 이미 다른 사람이 존재하는걸요.
이미 떠난 사람을 붙잡은들
아무 소용없다는 걸 당신은 아셔야 해요.
당신의 진심이었던지 농담이었던지
그건 이제 와서 하나도 중요하지 않는걸요.
더 이상 내가 당신에게 해 줄 수 있는 게 아무것도 없어요.
부디 아파하는 그 마음을 내게 보이지 말아요.

우리 사이에 이미 선이 그어졌는데
왜 아직도 미련을 버리지 못하시는 건가요!

안개꽃 찬미

어느 시인의 안개꽃을 훔쳐보다 눈물이 흘렀다.
만지면 바스락거리며 터져버릴 것 같은 작은 꽃 방울 방울
손아귀에 넣고 싶다는 생각이 간절하다.
소담스럽게 피어난 꽃들은 옹기종기 모여
온통 주위를 환하게 밝힌다.
안개꽃은 화사한 웃음을 머금고 있는데
난 왜 심장이 뛰고 눈물이 날까?
눈부시도록 하얀 꽃 날개를 펼치고
곧 어디론가 포르르 날아가 버릴 것만 같다.

안개꽃 속에는 새침데기 아가 얼굴도 있고
순진한 아가씨의 발그레한 수줍음도 들어있다.
이들 주위에 한 치의 티끌조차 용납하지 못하도록
순백색으로 휘장을 두른다.
바람이 불어 날아드는 향기에
고결함을 느끼고 순결함을 배운다.

가슴에 꼭 끌어 안아보고 싶도록
너무나 앙증맞은 안개꽃 다발 속에
내 순결한 눈물방울을 묻고 싶다.

오늘 나는 안개꽃에 반해 한순간 마음을 빼앗겨 버렸다.

고장 난 신호등

빨간 불이 켜졌다.
시간은 얼마나 지나야 할지 알 수 없고
다리가 저려와 발을 떼어야 하건만
마음이 요지부동인 게 문제다.
뒤로 돌아가지도 못하고 앞으로 나가지도 못한 채
제자리에 붙박혀 서 있다.
누군가가 내미는 손을 잡고서 따라가고 싶지만
그마저도 두려움이 막는다.
머릿속은 하얀 백지로 변하고
가슴은 텅 비어 무언지 모를 외마디 말이 둥둥 떠다닌다.

멈춰 있다는 것은 그나마 잘 알고 있는 사실이다.
마음이 전하는 소리를 무시했다가
당하는 고통을 두 번 다시 겪고 싶지 않다.

어둠이 밀려올 때까지도 신호등은 다른 빛을 내어주지 않는다.
집에 돌아가야 할 시간,
인적이 끊긴지 한참 되었지만,
고장 난 신호등 앞에서 여전히 움직일 줄을 모른다.

빗나간 화살

인적이 드문 틈을 타서 강둑길 따라 걷는다.
소리 없이 출렁이는 강물은 자꾸만 흘러서 어디로 갈까?
녹음이 짙게 깔린 한 자리에 얌전히 피어있는 연분홍 쑥부쟁이
꽃말 속에 담겨있는 의미, 하루 종일 서서 누구를 기다리나?
가슴을 짓누르는 정체를 알아채는 것도 쉬운 일은 아니지만
드러나는 실체를 마주할 용기는 더욱 없었다.
행여나 기대를 목적으로 던져 본 물음에 확인 사살이 되어 오는 걸
막을 방법이 딱히 없었을까!
묵묵부답은 긍정과도 일맥상통 한다는 걸 알았더라면
뒤늦게 후회하는 아픔을 겪지 않아도 되었을지 모른다.
활시위는 당겨졌지만 내 심장은 꽁꽁 얼어붙었다.

문득

아프다 아프다 심장이 너무 아프다.
지난 기억들이 불을 밝혀 되살아나고
가슴속으로 추억이 파고들어 눈물이 흐른다.
다시 한 번만 바라볼 수 있다면
이미 차단된 카톡은 이름 세 글자만 남겨 놓았다.
수취인 불명으로 부치지 못하는 편지처럼
차단된 문자 여러 통을 써서 보내지만
주인 없는 카톡은 읽음 표시를 나타내지 않는다.
그것이 마음을 더욱 아프게 한다.

누군가 그랬다고 그가 내게 말했지
만나야 할 인연이라면
아무리 멀리 있어도 반드시 다시 만날 것이고
만나지 말아야 할 인연이라면
아무리 가까이 있어도 절대로 만나지지 않는 법이라고……

나도 고개를 끄덕였다.

꽃의 눈물

그리움이 밀려오면 어이하나
보고픔이 찾아오면 어이하랴
산 넘고 물 건너 들이치면 어찌할까

그리움은 왜 이다지도 깊은 것일까요.
모두 다 지워진 줄 알았는데
꽃잎이 바람에 흩날릴 때 알았습니다.
내가 울고 있다는 것을…

지독함

누군가 그리울 때 눈물이 나는 건
익숙해져 버린 습관이다.
이슬을 밟으며 맞는 새벽의 찬 공기도
가슴 속에 차오르는 뜨거움을 식히진 못한다.
오랜 세월 속에 묻어버린 아픔이건만
아직도 살아서 꿈틀대는 건
나를 지배하기 위함일까!

불씨

검불 끝에 매달린 불씨 한 점
나뭇가지를 사르며 온 몸으로 퍼져
휘리릭 피어나는 순간 천지가 환하다.
뜨거움을 마다하지 않고 제 한 몸 불태워
푸짐한 먹거리를 만들어낸다.
가마솥에 들어간 푸성귀를 삶아내고
돼지머리 푹 푹 고아 군침을 돌게 한다.
활활 타오르는 불꽃이 빨갛게 달아오를 때
매운 연기에 흘리는 눈물 따라
검댕이 묻은 얼굴에 얄궂은 홍조가 피어난다.

바람 불면 신이 난 듯 기승을 부리며
자꾸만 자꾸만 나오려는 불길을
부지깽이로 팍팍 두드리며 부지런히 안으로 밀어 넣는다.

촌스런 입맛은 이것저것 가리지 않고
시커먼 아궁이를 벌리고 앉아 장작개비를 마구마구 잡아먹는다.
그중에 제일은 솔가지라
타닥타닥 소리를 내며. 한입에 꿀꺽 삼킨다.
화려함의 대명사로 불리어져도 손색이 없을 불야성
마지막까지 다 타고 났을 때,
남은 건 고작 검은 재 한 줌뿐이다.

원(願)

오늘은
맑은 영혼이 한없이 그립다.
차가운 심장을 뜨겁게 달궈줄
향초 같은
따스함을 느끼고 싶다.

이제는
그리움에서 벗어나고 싶다.
또각또각 떨어지는 빗방울 속에
파편처럼 새겨진 지난 기억들이
모조리 지워져 버렸으면……

사랑

소리쳐 부르면 입술에 전해지는 떨림이 참 좋다.
가슴속으로 그 누군가를 생각하면 전율이 흐르고 그리움이 요동친다.

잔잔한 물결 속에 고운 물안개가 피어나듯
사랑이 피어난 자리에는 그리움이 남는다.

사랑의 언저리에 다가서면 모진 아픔이 배어나고
진한 생채기가 생길지라도 모든 걸 함께 하고 싶다.

아픔도 사랑이기에……

아픔이 지나고 사랑의 속삭임이 전해지면 큰 파도가 출렁거린다.

가슴속 깊이 묻어둔 그리움을 꺼내 놓을 때
걷잡을 수 없이 넘치는 사랑을 마구마구 토해내고 싶다.

애정이 머무는 자리에는 어여쁜 꽃이 피어나고
날마다 축복받는 아침을 맞는다.

사랑이란 두 글자를 손으로 어루만지며 가만히 두 눈을 감는다.

삶의 무게

내 어깨에 올려진 무거운 짐 때문에
앞으로 자꾸만 넘어지려고 한다.
누구에게도 나눠 줄 수가 없고
누군가에게 대신 짊어져 달라고 할 수도 없기에
고개를 넘듯 홀로 휘청거리며 간다.

내 삶의 무게가 버거워 가끔씩 주저앉고 싶을 때
누군가 나를 감싸주고 내 얘기 들어준다면
포근한 가슴에 기대어 실컷 울어볼 수 있으련만.
거울 속에 비친 초라한 모습이 하도 슬퍼 보여 진저리를 치다가도
점점 작아지는 내가 안쓰러워 혼자서 격하게 끌어안는다.

미련 때문에

붙잡고 싶었지만 끝내 잡을 수 없었던 것은
감당하지 못하는 두려움 때문이었습니다.
저 산 넘어 해님이 서산으로 건너갈 때
내 예쁜 두 눈에 눈물이 맺혀 파르르 떨러옵니다.
소중했던 날들의 흩어진 기억들을 주워 모아
추억으로 알알이 깊게 다시 새기렵니다.
보내야 하겠지만 쉽사리 떠나보내지 못하는 것은
아직 남아 있는 미련 때문입니다.

한 번만 더 생각해보라고 그렇게 애원하면서
옷자락을 잡고 막아섰지만
뿌리치고 떠나간 당신은 냉정한 사람입니다.

그런데도 차마 대놓고 미워할 수 없는 것은
나보다 더 나를 더 많이 사랑한 당신이었기에
돌아서서 아프게 용서를 하였습니다.
하고픈 말이 정말로 너무나 많았는데 다 하지 못한 채
떠나보내고 나니 미련만 가득 남았습니다.

떠난 발걸음을 되돌려
다시 돌아올 거라고 생각을 하진 못해도
정 주고 마음 떠난 사람이기에
애써 참았던 눈물을 끝내 흘리고 말았답니다.

가로수

항상 같은 길을 걸어가지만 가끔 낯설게 느껴질 때가 있습니다.

아마도 기분에 따라서 그런 것 같습니다.

즐겁고 행복한 마음일 때는 평범하게 보이다가 울적하거나 속이 상할 때
는 주위 환경조차도 동화되는듯 슬프게 보입니다.

키 큰 가로수들이 도로가에 우뚝 서 있는 모습을 보며 춥고 바람 불면
얼마나 외로울까 측은한 마음이 듭니다.

알록달록 고운 색깔 옷으로 갈아입은 가로수들의 생명도

이제 얼마 남지 않았겠지요.

추운 겨울이 오면 옷을 모조리 빼앗기고 생명을 지탱하기 위해

발버둥을 쳐야 한다는 생각을 하니 몹시도 가엾습니다.

여름날엔 시원한 그늘을 만들어주고

가을은 갖가지 열매와 화려한 빛깔로 눈요기 거리를 제공해 주는

가로수들이 겨울에는 제 옷을 다 내어주고

추위를 어떻게 견딜 수 있을까요?

주의집중

멍한 눈 돌려 창밖을 바라보면 무얼 해.
빗방울 뚝뚝 떨어지는 우산을 보는 건지,
미동 없이 걸려있는 간판을 보는 건지
분간도 못하면서
달달한 커피가 오늘은 왜 이렇게 쓴 거야!

귓가에 흐르는 멜로디 두 눈에 이슬이 맺혀
찻잔을 잡은 손 배터리 나간 휴대폰
볼 수도 만질 수도 없는 갈대 같은 마음.

한참 전에 빠져나간 생각들이 주위를 물들여
머릿속에 산만함만 가득히 들어있네.

인생길

어제 일 다르고 오늘 일 다르다.
변화무쌍한 세상 빠른 적응력이 필요하다.
시시때때로 부는 바람에 나부끼고
빗물에 옷이 젖어도 가야 할 인생은 나그네길
눈 한 번 질끈 감으면 사라지는 것들에
매달릴 필요 뭐 있는가?

한 치 앞도 모르는데 두 치 앞을 어찌 알겠는가?
미움도 원망도 버려두고 살아야 하는 것을
눈물 닦아줄 사람 있어 행복인 줄 알았네.
실타래처럼 꼬인 매듭을 영영 풀 길 없어
얽히고설킨 인연들에 미련을 간직한들 무엇 하리!
가는 사람 붙잡고 애달파할게 뭐 있는가?

나의 일부가 떠났다

곱게 기른 내 머리칼이 날카로운 금속 물체에 의해
댕강 잘려 나가던 날
분신과도 같았던 내 일부가 팽개쳐지는 아픔을 견뎌야 했다.

더울 때는 한 가닥으로 올려 묶으면 시원했고
추운 겨울에는 차가운 목덜미를 야생마의 갈기처럼
따뜻하게 덮어 주었던 긴 머리칼
그것이 한순간에 내 앞에서 멀어져갔다.
어린 시절 고수했던 짧은 머리에 반발하듯
스스로 손질이 가능했던 시기로부터
내내 긴 머리를 유지하며 살았던 나!

그 또한 집착이었음을 깨닫고 강한 결심을 서두른다.
아직까지 한 번도 색깔 물을 들여 보지 않은 검은 머리칼은
땅바닥에 떨어지는 순간부터 나에게서 분리되었다.
그것들은 이제 내 소유가 아니다.
처음에 머리칼이 잘려 나가는 소리를 들었을 때는
소중한 무언가를 잃었다는 상실감에 빠졌지만
한 올 한 올 눈앞에서 사라져 가는 걸 보면서
오히려 홀가분한 기분을 맛본다.

한때는 내 일부였던 그것으로부터
비로소 완전히 자유를 얻었다.

운명이라면

만약 정해진 운명이라면 조바심을 치지 않아도 좋으리라
서로 만나고 헤어지는 것도 인연.
돌아서서 다시 만나는 것도 인연인 것을.
바람 따라 구름 따라 흘려보내야 하는 건
손 내밀어 잡으려 한다고 잡히는 것이 아니다.

집착에서 벗어나 끈끈한 정을 끊는 것이 결코 쉬운 일은 아니지만,
발버둥을 쳐보아도 닿지 않는 인연이라면
머물지 말고 차라리 떠나갈 길을 택하련다.

사랑의 결정체로 정해진 운명이라면
뒤늦게 후회가 밀려오지 않으리라!
서로의 체온을 나누며 한 몸이 된 순간 사랑이 시작되었다.
물살이 출렁이듯 나뭇가지가 바람에 흔들리듯
운명은 그렇게 시작되는 것
아무리 애달프고 서럽더라도 비껴갈 운명이라면
조각배 한 척에 몸을 실어 떠나보내련다.

운명이란 것은 붙잡지 않아도
영원히 머물 거라는 걸 잘 알기 때문이다.

시인은

시인은 한 줄기 눈물을 흘리며 고즈넉한 한숨을 쉽니다.
시인은 말하지 않습니다.
하얀 백지장에 온 몸으로 대화를 시도합니다.
시인의 가슴은 뜨거웠다가 금방 차갑게 식곤 합니다.
아픈 말들, 슬픈 이야기들을 종이에 줄줄이 새깁니다.
눈물은 멈춰 있습니다.
시인의 가슴은 푸른 하늘을 나는 새가 되어 떠돌아다니다가
정박해 있는 고기잡이 어선처럼 한곳에 고요히 머물기도 합니다.
시인의 가슴 속에는 수많은 사연들이 쌓여 있어
때로는 강렬한 불꽃이 피어오르듯
끝없는 열망이 쏟아져 나오고, 어떨 땐 침잠해 있습니다.
물고기처럼 파닥파닥 뛰는 심장을 주체하지 못해
시인은 울고 있는지 모릅니다.
아무도 모르게 혼자서.

지우개로 지우지 못하는 것들

하얀 백지위에 잘못 쓰여진 글자는
지우개로 깨끗이 지우면 그만이겠지만
머릿속과 가슴속에 잘못 새겨진 기억은 무엇으로 지워내야 할까요!

지난 과거를 추억 속에만 온전히 묻어둔 채로
현실을 살아낼 수 있다면 좋으련만.
순간순간 불쑥 불쑥 솟아오르는
아픈 감정을 무엇으로 말끔히 지워야 할까요!

살면서 우리는 실수를 하기도 하고
타인으로 인해 상처를 받거나 본의 아니게
내가 다른 사람에게 상처를 입히기도 합니다.

그럴 때 머릿속을 깨끗이 지울 수 있는 지우개가 필요하겠지요.
지난 일에는 각자 어떤 지우개를 사용하셨는지 궁금합니다.

오늘만이라도 결코 지우고 싶지 않은
하루를 살아내셨으면 좋겠다는 생각으로 함께하고 싶습니다.

붙잡힌 그리움

이제는 그리움을 몰래 몰래 꺼내본다.
들키면 안 되기에 일기장에 새기고 서랍 속에 넣어 가둔다.
혼자 있을 때 불쑥 튀어나오는 것까지 막을 도리는 없다.
그리움도 제 존재가 발각될까봐 조심조심 찾아오는 것이
무척 안쓰럽다.
어쩌다 까만 밤을 하얗게 지새울 때 그것은 나와 동행해서
함께 어둠을 밝히자고 한다.
내 마음을 온전히 차지하고 나서야 만족감을 느끼고는
조용히 사라져간다.

먼저 부르지 않으면 찾아줄 것 같지 않은 그리움이
완전히 떠나갈까 봐 두렵다.
그토록 애타게 찾아 헤매던 이름 석 자는
머릿속에 생생하게 남아 있건만, 형체는 점점 희미해져 간다.
내가 떠나보내는 건지 그것이 나에게서 달아나려는 건지······.
나도, 그리움도 질투에 눈이 멀어
서로를 외면할 때에 그 아픔 감당하지 못한다.
너울 속에 묻히고 영영 멀어질까봐
오늘도 빈 가슴을 내주며 가녀린 손으로 붙잡는다.
그리움이 내게 조용히 속삭였다.
네 곁을 영영 떠나가는 일은 없을 거라고
내가 필요로 할 때마다 언제든지 찾아와 줄 거라고
나는 안심하고 잠이 든다.

두 마리 토끼

두 마리 토끼를 잡으려는 건 어리석은 짓이다.
양손에 커다란 떡 두개를 들고 어떤 걸 먹어야 할지
고민하는 건 잠시 누릴 수 있는 기쁨이지만
다 먹어 치우거나 망설이다가
두 개를 모두 빼앗겨 버리면 통곡할 일만 남는다.
그때는 땅을 치고 후회해도 아무 소용이 없다.
그렇기에 마지막까지 애원하는 토끼를 두고 모른 척 돌아섰다.

용서해 달라는 말이 내 귓가에 들려왔을 때
안 돼! 라는 말을 수없이 돌려주었다.
두 마리 토끼를 잡고서 흔들어대는 건
모두가 불행해질 게 뻔하기 때문이다.
마지막까지 애원해도 현실을 외면할 수 없기에
손을 저으며 매몰참을 보일 수 밖에 없었다.

내 속에 냉정함이 숨어 있었는 줄 그때 처음 알았다.
떠나간 토끼가 며칠 뒤에 다시 찾아 왔지만
조용히 타일러서 돌려보냈다.

한 마리 토끼는 눈이 빨개져서 돌아갔다.

사랑은 무죄

누군가를 좋아한다는 이유로 바보가 되어 버렸다.
섣불리 찾아올 것 같지 않았던 한줄기 바람은
주위를 흔들어 숨막히게 한다.
영원히 정지해 버린 시간 속에 갇혀 있는 내 의식은
희뿌연 안개비에 가려졌다.
몸이 요란하게 용트림을 해대고 심장이 고동칠 때마다
먼발치에 서서 먼산바라기를 한다.
아무것도 예정된 것이 없기에
앞으로 나아갈 일도, 뒤로 물러나야 하는 일도 버겁다.

누군가를 애타게 그리워하는 건 아픔을 잉태하고 있다는 뜻과 같다.
'기다림은 언제나 슬픈 것'이라는 노랫말처럼
가질 수 없는 것을 소유하고 싶다는 욕망은
기다림을 전제로 하기에 슬픔에서 비껴날 수 없다.
하루에도 몇 번씩 흔들리는 마음을 가눌 길 없어
가쁜 숨을 빈 허공에 대고 토한다.
가슴이 먼저 알아챘을 때 멈춰야 한다는 걸 알았지만
사과처럼 달콤한 향기에 취해 한 발짝 한 발짝 다가서면서
거역할 수 없는 섭리로 받아 들였다.
이제는 처음으로 되돌리는 것도
영원히 돌아서는 것도 너무나 힘겨운 일이다.

반복

보고싶다 생각하면
그리움에 기대어 눈물 흘리지
많이 아프지만
다시는 생각말자고 혼자 다짐을 해.
다른 할 일 찾아서 바쁘게 살다보면
시간이 분명 약이 될 거야.
또 다른 사랑을 찾아 헤매는 건
아직 자신할 수 없어.
가슴에 언제까지 남아있을지
나조차도 잘 모르니까.
사랑한단 말을 듣고 싶어 숱하게 몸부림치지만
차마 돌아오라는 그 말은 하지 못해
자존심 때문이 아냐.
반복되는 지난 시간들을
더 이상 감당할 자신이 없어.
이제 내가 먼저 떠나가려고 해.

비 오는 날 기억이 많아
비가 오면 생각나겠지만
비가 그치면 생각도 함께 그치겠지.

그리고 비는 또 내리고 생각도 들겠지.

누구를 위한 기다림인가요

그대를 처음 본 순간 마음이 끌렸습니다.
사랑의 감정이 솟았습니다.

천천히 그대 곁으로 가고 싶지만
한순간 이끌리는 감정을 주체할 길이 없습니다.

이게 잘못된 이성인지 묻고 싶습니다.

나이가 들면 아이로 돌아간다지요.
몸은 늙어지고 있지만 마음은 청춘이랍니다.

당신의 향기를 맡으며 따뜻함을 느끼고 싶습니다.

당신은 내게 천천히 오라 하시지만 내가 천천히 가면
다른 누군가에게 당신의 마음을 빼앗기게 될까봐 두렵습니다.

나 역시도 당신처럼 내 삶이 초라하지만
그래도 내 감정만은 속이지 않습니다.

기다림은 이별보다 더 슬프다는 걸 잘 아는
당신과 나입니다.

그대 그리워

눈물이 날만큼 그대가 그립고 또 그립습니다.

하늘에 수놓인 뭇 별들처럼 영롱하게 새겨진 그대 내 가슴에
어스름이 짙은 저녁 혼자서 둑길을 쓸쓸히 걸어갈 때면
내 잃어버렸던 물건을 찾으러 함께 되돌아가 주었던 그대 생각이 절로 납니다.

그댄 모르지요. 그때 내가 얼마나 기뻤는지를.

늦은 시간까지 날 위해 옆에 있어 준 그대가 얼마나 좋았는지
아마도 그대는 모를 겁니다.

그대를 와락 안고 싶었지만
그대가 허락하지 않았던 까닭에 참을 수 밖에 없었답니다.

아! 아! 그랬던 그대가 어느 날 내 곁을 홀연히 떠나
다시는 영영 돌아오지 않네요.

그런 그대가 나는 오늘 이 밤도 그립고, 그립고
또 그리워 차마 못 잊습니다.

대책 없어

가슴아 왜 날 아프게 하니.
집착을 내려놓으면 되잖아!
힘든 마음을 어떻게 견뎌?
잠에 취해봐.
잠이 안 오는 걸
소리를 질러봐!
그래도 답답한 걸
목 놓아 울어봐!
눈물이 메말라 더 이상 나오지 않아.
그럼 대체 어떡하라는 건데
나도 몰라
어휴! 대책 없어.

그리움의 잔해

순간순간 그립습니다.
갑자기 밀려오는 그리움 때문에 아무것도 하지 못합니다.
눈물이 날 것도 같고 먹먹한 가슴에 숨이 멎을 듯도 합니다.
잊으려고 했지만 잊었다고 생각했지만
불쑥 튀어 나오는 그리움은 쉽게 떠날 줄을 모릅니다.
그렇지만 이 그리움도 다시 사라진다는 걸 잘 압니다.
그러다 또 언젠가 되살아나게 되지만
그럴 때마다 꾹꾹 눌러 덮어 두겠습니다.
그리움의 물결이 일면 그냥 출렁이는 채 흘러가고
세월의 무게를 견디며 그렇게 살아가다보면
반드시 잊힐 날도 있겠지요.

내 안에 살아서 꿈틀거리는 그리움은
갑자기 찾아 왔다가 서서히 물러갑니다.
그때 난 감정의 깊숙한 늪에 빠져들지 않기 위해서
바쁘게 움직여야 합니다.

그렇게 그리움이 사라지면
다시 고요한 평화가 찾아옵니다.

그리움에도 꽃이 핀다

2부

웃음에도 연습이 필요해

.당당하고 자신감이 넘치는 사람은 불행해 보이지 않습니다.

항상 밝게 웃는 사람은 겉모습뿐만 아니라 내면까지도 아름다운

사람입니다.

'웃으면 복이 와요', '소문만복래', '웃는 얼굴에 침 뱉으랴!'

모두 웃으면서 살자고 하는 소리들입니다.

지금까지 살아오는 동안 가슴 벅차게 좋았던 기억이 크게 없습니다.

비례적으로 웃을 날의 횟수도 적었을 것입니다.

언젠가 일자리 면접을 보러 갔다가 웃는 게 어색하다는 말을 들었습니다.

웃을 일이 많이 없다 보니 표정이 굳어진 때문이라 잘되지 않았던 모양입
니다.

근래 들어 누군가 좀 웃고 살라는 충고를 해 주었습니다. 웃으면 좋은 기운

이 흘러 복된 일들이 생길 거라고 하면서 말입니다.

제대로 웃으며 살아 보자고 마음먹었습니다. 억지웃음이라도 지어 보기로 했습니다. 그러나 거울 앞에 선 순간 쉽지 않은 일이란 걸 알았습니다. 입을 벌려 치아를 드러내고 웃는데 영 자연스럽지 않아 보였습니다. 턱관절이 떨리고 얼굴에 경련이 일어날 것 같았습니다. 못보던 주름살도 지어졌습니다. 휴! 한숨이 나왔습니다.

포기하지 않았습니다. 거울을 볼 때마다 무조건 웃어 보자고 혼자 약속을 했습니다. 며칠 지나 얼굴에 일던 근육 수축 현상이 줄고 나름 괜찮아 보이는 웃음이 지어지는 것 같습니다.

자연스런 미소가 지어질 때까지 앞으로도 계속 연습해야겠습니다.

항상 웃고 사는 사람을 보면 자신감이 넘쳐 보입니다.

그 옆에 서면 덩달아 기분이 좋아집니다.

그 웃음을 따라 웃고 싶어집니다.

좌우명

반 여자 아이는 집에서 가지고 온 물건을 책상 위에 늘어놓으며 자랑하는 일이 많았습니다. 어떤 때는 시계, 어떨 때는 가방, 또 어느 날에는 새 필통을 들고 와서 선보였습니다. 쉬는 시간에 친구들은 그녀 주위로 모여들어 그녀의 물건들을 만져 보고 이리 저리 살펴보며 재미를 느끼는 것 같았습니다. 저는 그런 친구들 틈에 끼고 싶지 않아 멀리서 지켜만 보았습니다.

한번은 그녀가 새 필통에 십 원짜리와 백 원짜리 동전 여러 개를 넣어 와서 친구들 앞에 보이며 자랑했습니다. 저도 보았습니다. 탐났습니다.

제 일교시를 마치고 화장실에 다녀온 그녀가 갑자기 울음을 터뜨렸습니다. 그 영문을 아는 친구와 모르는 친구로 구분되었습니다.

담임선생님께서 화를 내시며 모두 책상위에 올라가서 무릎 꿇고 앉아 눈을 감으라고 하셨습니다. 여기저기서 웅성거리는 소리가 들렸습니다. 막대기로 교탁을 탁탁 내리치시는 선생님 모습에 놀라 순식간에 쥐 죽은 듯 조용해졌습니다.

선생님 말씀이 시작되었습니다.

"오늘 ○○가 가지고 온 동전들이 모두 없어졌다. 이건 도둑질이다. 우리 반에서 이런 일이 일어난 게 선생님은 정말 실망스럽다."

잠시 뜸을 들인 후 선생님 말씀이 계속 이어졌습니다.

"자, 지금부터 기회를 주겠다. 돈을 가져간 친구는 눈 감고 조용히 손만 올려라. 그럼 한 번은 용서해 주겠다. 만약 그렇지 않으면 찾아낼 때까지 모두 집에 돌아가지 못한다. 그리고 가져간 사람은 부모님께 알릴 것이다."

정적이 흘렀습니다. 한숨 소리도 났습니다.

"휴! 다시 한 번 말한다. 돈을 가져간 사람은 조용히 손들어라. 마지막 기회다."

다리가 많이 저렸습니다. 손에 침을 묻혀 코끝에 대는 이이와, 엉덩이를 들썩거리는 친구들 몇 명이 곁눈질로 들어왔습니다. 우리들의 고통을 알아채신 선생님 마음이 편치 않아 보였습니다. 우리를 쳐다보시는 시선에서 그렇게 느껴졌습니다.

"마지막으로 다시 한 번 기회를 주겠다. 돈을 가지고 간 사람은 조용히 손을 들어라. 그러면 용서해 주겠다. 이번이 정말 마지막 기회다."

그 말씀 속에는 거부할 수 없게 만드는 엄숙함과 꼼짝 못하게 하는 단호한 힘이 들어 있었습니다.

일 분, 이 분, 삼 분이 흘러 불과 5분이 지나지 않았는데 선생님의 부드러운 음성이 들려왔습니다.

"모두들 손 내리고 내려와 의자에 앉아라."

선생님이 돈을 잃어버린 친구를 데리고 교실 밖으로 나가자 아이들은 와자지껄 떠들었습니다. 그날 선생님께서 저를 따로 불러냈는지에 대해서는 일절 기억에 없습니다. 다만 그 일이 제 일생일대 죄책감으로 남겨졌고 살면서 잘못을 저지를 수 있는 수많은 기회를 두고두고 막아주는 계기가 되었던 것만은 확실합니다.

빈 노트가 생기거나 어쩌다 수첩이라도 갖게 되었을 때 첫 페이지를 넘겨 적었습니다.

'절대로 다른 사람들에게 피해주는 행동을 하지말자.'

저의 좌우명이자 생활신조가 되었습니다.

내 인생의 주인공은 바로 나야

어떤 일의 갈림길에 있어 선택을 해야 했던 순간순간이 살아오면서
가장 힘들었습니다.
그때마다 누군가에게 하소연을 하고 조언을 들었습니다.
참고는 되었겠지만 최종 선택은 내가 해야 했습니다.
내 행동에 따라 나중에 후회할 수도 있는 일이었습니다. 그렇기에 신중을
기해야 했습니다. 그때 내가 택한 방법은, 아니 할 수 있었던 일은 그냥
가만히 내버려 두는 것뿐이었습니다. 어떤 문제가 생겨서 선택을 해야 했
을 때 고민을 하면서도 어떤 쪽으로도 마음이 기울지 않으려 했습니다.
그러자 시간이 가면서 저절로 선택이 되었고 일의 실마리도 풀리곤 했었
습니다. 후회하는 일도 줄어들었고요.

내 인생의 주인공은 바로 나 입니다. 어느 누구도 내 인생을 대신 살아주
지 못하며 책임져 주지 않습니다.
"천상천하유아독존"
"하늘 아래 오직 나 혼자 뿐이다."
석가모니가 했다는 말을 전 이렇게 해석해 보았습니다.
"내가 이 하늘 아래 존재해 있으므로 세상 모든 만물이 함께한다.
내가 없다면 자연 만사 아무런 것도 의미가 없다. 그러므로 내가 가장 소
중한 존재다. 내 인생의 주인공은 바로 나야!"

글을 쓴다는 것은

중학교 때 교통에 관한 글짓기 시간이 있었습니다. 경운기 운전을 면허도 없는 큰오빠에게 배우다가 논으로 굴러 떨어져서 식겁했던 이야기, 시내로 나가야만 많이 볼 수 있는 자동차, 각종 운송기 등의 위험천만함을 길게 나열해 적었습니다. 어린 마음에 겁이 너무 많아 혼자서는 찻길을 건널 수 없어서 다른 사람들을 따라 건너야 했던 일도 글로 썼습니다.

며칠이 지나고 선생님께서 제가 쓴 글에 대해 칭찬해 주시며 상을 주셨습니다. 신기했습니다. 그냥 경험하고 있었던 일을 글로 적어냈을 뿐인데 상을 받고 이렇게 기분이 좋을 수 있는 건가 하는 생각에 웃음이 나왔습니다. 그러고는 잊어 버렸습니다.

사랑을 시작하면서 글을 썼습니다. 구구절절이 쓰여진 사연들이 모여 시로 탄생했고 고이 간직했습니다. 어느 친구는 나중에 꼭 시집으로 내라고 권하고 또 권했습니다. 몰랐습니다. 그런 시들이 후에 저를 우울증 환자로 만들고 화마로 변할 줄을 차마 알지 못했습니다. 제가 발견했을 때는 이미 종이 뭉치에 불길이 활활 타올라 한 줌의 재로 변해가고 있는 때였습니다. 며칠 동안 음식을 입에 댈 수 없었습니다. 글 같은 걸 쓴다는 생각이 아예 사라졌습니다. 제 생활과 아무 상관없는 일이 되었습니다.

세월이 흐르고 흘러 사랑을 지우기 위해 다시 글을 써야 했습니다. 살아갈 목적이 되어버린 이것을 죽을 때까지 다시는 놓지 못할 것입니다. 우리 글 쓰는 사람들에게 대부분은 글이 삶과 연관되어 있을 것입니다. 그래서 쓰고 또 쓰고 써야 합니다. 안 쓸 이유가 없습니다.

아파트

높은 산등성이에 올라 세상을 바라볼 때
조그만 파편 조각들처럼 보일 때가 있습니다.
밤중에 꺼져있던 아파트마다 불이 켜지면 반짝거림이 눈부십니다.
아파트 주차장마다 차들이 늘어서 있습니다.
도시의 아파트는 하늘 무서운 줄 모르고 높이 치솟아 있습니다.
네모난 상자갑처럼 옹기종기 모여 키자랑을 하거나 모양자랑을 하는 아
파트들이 여기저기 떼 지어 있습니다. 어두운 밤거리를 찾아 헤매는 불
나방과 자취 없이 떠돌아다니는 도둑고양이의 소굴과도 가까이 있고
술에 취해 난동을 부리는 사람 주위에도 존재합니다.
하늘에 닿을 듯 높이 서 있는 아파트, 땅에서 멀어질까 두려워 낮게 지
어진 아파트들은 같은 공통점을 가지고 있습니다.
바로 모든 걸 포용한다는 것이지요. 사람도, 동물도, 사물도 차별하지
않고 모두 다 따뜻하고 넉넉하게 품어준다는 것입니다.
힘들게 일한 축 처진 어깨의 직장인도 받아주고 누군가에게 배신당해
갈기갈기 찢어진 마음을 가진 사람도 쉴 수 있게 해 줍니다. 술 냄새 풍
기는 행인도, 만신창이 된 몸을 가진 병자도 들어가게 해 줍니다.
아파트가 우상이 되어서는 안 되지만 우리가 한껏 우러러 보는 대상임
에는 틀림이 없습니다. 모든 걸 끌어안고도 끄떡도 하지 않는 아파트가
가끔씩은 부러울 때가 있습니다.

기계화

물질 만능 시대, 정보 홍수화 시대에 살고 있는 지금 우리는 빠르게 변해가는 세태에 맞춰서 발 빠르게 움직여야 합니다. 하루가 다르게 변하는 세상 가운데서 어려움을 감당하기 힘들 때가 참 많습니다.

몇 달 전 집 앞 롯데리아에 갔다가 헛걸음하고 돌아왔던 일이 있습니다. 모든 음식을 기계로 주문하도록 바뀌어 있어서 몇 번이나 시도했다가 실패하고 말았기 때문입니다. 그 이후로는 아직까지 그곳에 가 본적이 없습니다.

며칠 전에는 일행들과 카페에 갔는데 그곳도 기계 주문을 받고 있었습니다. 저를 포함한 일행 셋이서 이것저것 버튼을 반복해서 눌러 보았지만 잘되지 않았습니다. 그래서 할 수 없이 직원에게 도움을 받아서 음식 주문을 하고 자리에 앉았습니다.

기계장치의 정보 입력이 필요하고 일 능률에 있어서도 훨씬 효율적이라는 건 잘 압니다. 그런데 저처럼 상당히 기계치인 사람은 마냥 그것이 달갑지만은 않습니다. 저보다 나이가 한참 많은 어르신들도 마찬가지일 것입니다. 그날 카페에 같이 갔던, 나이 차이가 많은 저희 일행 중 한분의 말씀이 딱 그랬습니다.

"우리 같은 사람은 이런 거 못해서 못 먹어."

그 말씀에 저도 속하는지라 공감이 됐습니다.

기계화가 되면서 일자리가 줄어드는 것도 안타까운 일입니다.

그렇다고 발전할 수 있는 가능성을 막아버리는 건 안 되겠지요?

나이 듦에 관하여

나이 한 살을 더 먹는다는 것이 이렇게 힘든 줄 작년까지는 미처 몰랐습니다. 세월이 가면 당연히 겪게 되는 통과의례라고만 생각했지 몸과 마음이 크게 변해간다는 걸 의식하지 못했습니다. 거울 속에서 늘어가는 흰머리와 눈 밑 주름을 발견하는 것이 유쾌하지 않습니다. 몸이 조금이라도 아플라치면 마음까지 우울해집니다. 지나왔던 과거가 새록새록 되새겨지면서 한바탕 후회가 밀려옵니다. 온갖 걱정을 끌어안고 있습니다.

마음 속 번뇌가 끊이질 않고 잡다한 생각으로 머리가 복잡합니다. 외로움은 아닐진대 허허로움이 느껴집니다. 뚜렷한 형체가 없이 마음 속을 지배하는 그 무언가 때문에 혼란스럽습니다. 하루하루 나이를 의식하고 흐르는 시간을 붙잡아 두고 싶은 마음 너무나 간절합니다. 건강에 더 신경 쓰게 됩니다. 다른 사람들도 이러는지, 과연 정상적인건지 궁금합니다. 어떻게 이런 감정을 다스려 나가야 하는지에 대해서도 알고 싶고 위로받고 싶습니다. 그나마 다행인 것은 여전히 입맛이 당기고 밤이나 낮이나 꿀잠을 잘 수 있다는 것입니다.

무정한 세월

오랜만에 친구를 만나 차 한 잔씩 앞에 놓고 이야기를 나눴습니다. 주제는 '나이 들어감'에 관한 것이었습니다.

몸이 아파 병원 갈 일이 많아지고 앞으로에 대한 근심, 걱정이 늘어간다는 것, 지난 세월이 그럭저럭 좋았다는 것, 허무하고 쓸쓸해진다는 것이 같은 마음이었습니다. 부모님을 먼저 보내 드려야 하는 일과 커가는 자식들의 독립된 이기심은 동병상련의 아픔이었습니다. 살이 찌거나 생각이 많아지는 것에 대하여서도 이야기를 나누었습니다.

이야기 도중 한숨을 쉬면서 창밖으로 시선을 돌리며 가는 세월 참 무정하다고 한목소리로 말했습니다. 그러면서 믿을 것은 오직 건강뿐이라고 잘 챙기자며 서로를 위로했습니다. 그리고 감사할 거리를 찾자고 했습니다. 인생의 허무함에 대해 한바탕 논하다가 친구 말에 함께 웃었습니다.

"코로나 때문에 우리 나이 두 살이 온데간데없이 그냥 빼앗긴 것 같아 억울하지 않냐?"

퍽 수긍 가는 한 마디 말이었습니다.

카페를 나와 친구를 먼저 집으로 보내고 조금 걸었습니다. 친구와 나눴던 얘기들이 머릿속에서 떠나지 않아 마음이 답답했습니다.

그나마 위안이 된 것은 친구도 나와 같이 '나이 들어감'에 대한 고민을 하고 있다는 것이었습니다. 집 안에 들어섰을 때는 다행히 심각한 고민에서 벗어나 있었습니다.

입장의 차이

서로 자신의 입장만 내세워서 이해 받길 원한다면 평화는 영원히 우리 곁에 찾아오지 않을 것입니다.

아들과 부산에 있는 병원에 갔다가 밥시간이 되어 어느 분식집으로 들어갔습니다. 초만원 인파로 자리가 꽉 차 보였는데 다행히도 우리가 앉을 자리는 남아 있었습니다. 돈가스, 짜장면, 그리고 돌솥밥까지 많은 양의 음식을 만 원 조금 넘는 돈을 지불하고 우리는 맛있게 배불리 먹을 참이었습니다. 출입문은 수시로 열렸고 둘씩, 셋씩 짝을 지은 손님들이 모여 들면서 자리가 생길 때까지 서서 기다리는 손님들도 점점 늘어갔습니다. 아들 옆에는 아주머니가 앉아 계셨고 제 옆자리는 텅 비어 있었습니다.

여러 번 문이 열리더니 할아버지 두 분이 들어오셨습니다. 한 분은 그대로 서 계시고 다른 한 분은 비어 있던 제 옆자리에 털썩 앉으셨습니다. 직원이 쏜살같이 달려와 할아버지를 향해 말했습니다.

"거기 앉으시면 안돼요."

할아버지가 언짢으셨는지 짜증나는 목소리로 대꾸하셨습니다.

"다리가 너무 아파서 그래요."

직원은 침묵하고 주방으로 들어갔습니다. 저는 아들에게 빨리 먹고 비켜 드리자고 했는데 아직 음식을 반도 먹지 못한 상태였습니다. 아들 옆에서 먹고 계시던 아주머니가 그릇에 남아 있던 마지막 국물까지 얼른 비우고는 "여기 앉으세요."하고 일어나 밖으로 나갔습니다.

"직원 너무 야멸차게 말하네!"

"먼저 와서 먹고 있는데 앞에 앉으면 나 같아도 기분 나쁘겠다."

"아니, 좀 배려하고 같이 합석 좀 하면 어때서! 나이 드신 분인데."

"나이가 들었든 안 들었든지 모르는 사람이랑 어떻게 합석을 해? 당연히 컴플레인 걸지!"

식당을 나와 아들과 둘이서 옥신각신 하면서 서로의 입장만 고수하다가 지하철이 도착해서는 동시에 입을 다물고 올라탔습니다.

복잡한 마음

야간고등학교 시절 이후로 공장 생활 딱 3개월 했습니다. 소규모 전자 회사로 화장실 갈 때와 점심시간 외에는 자리를 뜰 새 없도록 일이 바빴습니다. 그런 가운데 머릿속도 정신없이 회전했습니다. 이런 저런 온갖 잡다한 생각들이 꼬리에 꼬리를 물고 이어졌습니다. 생각을 접어보려 했지만 쉽지 않았습니다. 시간은 한없이 느리게 흘러갔습니다.

시간이 지나도 달라지지 않았습니다. 꽉 막힌 공간에 갇혀 같은 일을 반복해서 하는 건 심적으로 노동과 같았습니다. 머릿속에 무슨 생각이 그리도 많이 들어있는지 생각은 멈출 줄 몰랐습니다. 긍정적인 사고로 꽉 찬다면 좋겠는데 반대로 지나간 과거에 대한 후회와 집착, 현재의 불안, 미래에 대한 걱정, 근심 같은 부정적인 것들로 머릿속이 복잡했습니다. 생각들이 지나치게 많아 공상 속에 빠지다가 망상에라도 사로잡히게 되는 게 아닐까 염려 되었습니다. 우울증에라도 걸릴 것 같았습니다. 3개월을 채우고 나서는 더 이상 버티지 못하고 그 곳에서 나왔습니다.

그 일로 단순 노무직은 적성에 맞지 않는다는 걸 알게 되었습니다.

한 가지 생각은 여러 갈래로 나뉩니다. 머릿속에서는 복잡한 갈등이 일어나고 마음은 답답해집니다. 생각에서 빠져 나오기 위해서는 그 장소를 벗어나거나 바쁜 다른 일에 몰입하는 게 좋습니다. 그렇지만 당면해 있는 문제가 해결되지 않고서는 복잡함에서 벗어날 길이 아득합니다.

너무 많은 생각들로 머릿속을 복잡하게 만들고 어지럽게 하는 일을 줄여야겠습니다. 사서 하는 걱정을 애써 하지 말아야겠습니다. 평상시 머릿속을 비우고 맑게 할 필요가 있습니다. 건강과도 직결되기 때문입니다.

무심코

책장을 정리하다가 무심코 앨범을 꺼내 보게 되었습니다. 한 장 한 장 넘길 때마다 오래된 기억들이 되살아났습니다. 학창시절 추억이 담겨있고, 교우들의 모습이 담겨져 있습니다. 사진첩은 결혼 전 직장에서 생활했던 모습과 잠깐 스쳐갔던 인연들이 모인 집합 장소라고 할 수 있습니다. 너무 오래되어서 생각나지 않을 듯 싶었는데, 한사람 한사람씩 용케도 잘 기억해 냈습니다. 사람을 떠올릴 때 그 시절 어떤 일이 있었으며, 무얼 하는 중이었었는지도 선명하게 떠올랐습니다. 다행히 어느 한 곳, 어떤 한 사람에게서도 나쁜 기억을 찾지 못했습니다. 슬픈 일을 제외시킨다면 말입니다. 사진을 들여다보는 동안은 잠시 할 일을 잊게 만들었습니다.

앨범 속 사진에는 혼자 들어있는 것도 있고 두 사람, 혹은 여러 사람이 함께 찍혀 들어가 있습니다. 기억속 생각을 불러오게 되니 그 시절, 그때의 추억이 그립습니다. 어리거나, 지금보다 훨씬 젊었던 내 모습을 떠올리는 것은 결코 유쾌한 일이 될 수만은 없습니다. 그래도 무심코 들춰 본 사진 따라 지나온 과거로 여행을 떠나는 일은 멋진 일이 될 수 있습니다. 그것은 행복한 일이기도 합니다.

낭만

가을, 여행하기에 딱 좋은 계절입니다. 모든 걸 훌훌 벗어 던지고 가벼운 옷차림으로 백을 둘러메고 가깝거나 먼 곳으로 그냥 떠나면 될 것입니다. 창밖에 스치는 풍경 속에 잠기고 달 그림자의 고요함도 좋겠고 화려함의 극치인 자연을 벗 삼아 걸으면 힐링이 되겠지요.

어둠이 곱게 내리면 거리거리에 오색찬란한 불빛이 반짝 거립니다. 수면 위에 두둥실 떠가는 작은 나뭇잎배, 먹음직스럽게 잘 익어 새들의 먹이가 된 붉은 감, 크게 울려 퍼지는 노랫소리, 지천을 노란색으로 물들인 은행나무길 등 모두가 이 가을을 멋지게 장식하고 있는 존재들입니다.

낭만을 즐기기 좋은 곳 중 하나가 바로 카페입니다. 향기로운 커피향이 풍겨 나오고 알맞게 장식된 내부에서 적당히 모인 사람들 틈의 공간에 있는 것만으로도 감정이 넘쳐흐릅니다. 카페 밖으로 즐비하게 장식된 꽃과 나무, 그리고 아담하게 꾸며진 정원은 운치를 느끼게 해 줍니다. 어둠이 밀려와 불이 밝혀지면 깨끗하고 환한 빛이 주위를 빨갛게 물들입니다. 낭만적인 분위기에 빠져듭니다.

눈을 들어보면 여기저기에서 절정기에 다다른 단풍 빛깔에 절로 마음을 빼앗기고도 남지요.

가을이 다 떠나가기 전에 가벼운 차림으로 낭만을 찾아 떠나 보심이 어떠실런지요!

눈요깃거리

'올바른 걷기는 건강을 향한 지름길'이란 말이 공원 흙바닥에 새겨져 있습니다. 걸으면서 얻는 이득으로는 여러 가지 건강을 지켜주면서 눈을 맑게 해주고 풍부한 볼거리를 보며 감상에 젖게 해 주는 것이 있습니다.

갖가지 색깔의 화려함으로 수놓인 자연친화적 만물로 시신경을 편하게 해주고 마음도 풍요롭게 만듭니다. 곳곳에 뽐내듯 예쁘게 꾸며져 존재한 집들과 시설물 등은 눈을 즐겁게 해 줍니다.

바람에 날리는 낙엽, 먹지 못하지만 빨갛고 노랗게 익은 나무 열매, 거리 현수막, 가게 간판들을 지나다니면서 보면 재밌습니다. 또 다르게 치장하고 길을 나서며 마주치는 사람들 구경하는 것도 가끔은 즐거운 일입니다. 모두 다 풍성한 볼거리이고 눈요깃거리입니다.

행복이란 무엇일까요?

행복이 무어냐고 누가 내게 물으신다면 이렇게 말하렵니다.

행복이란 아무 일도 일어나지 않는 평범한 하루하루의 일상이라고 말입니다.

행복이란 말을 늘상 입에 달고 살지만 형체도 없고 실체도 없는 그것이라 손에 잡히지 않습니다. 쫓으면 멀리 도망가고 달아나면 애가 타는 알 수 없는 존재입니다. 행복하고 싶다고 하는 말도 그저 막연한 표현입니다. 어떤 것이 행복이고 어떻게 해야 행복할 수 있는지 정확한 답을 알고 있는 사람이 과연 있을까요?

현재 삶이 행복하다고 자신 있게 말할 수 있는 사람 또한 얼마나 될까요? 행복하냐고 물어보면 다수의 사람들이 공통적으로 대답하는 말이 있습니다. "행복해서 사는 사람이 몇이나 되게! 그냥 사니까 사는 거지."

그렇습니다. 행복해서 산다고 당당하게 말하는 사람을 제 주위에서도 쉽게 찾아볼 수 없습니다. 물론 순간순간 행복하다는 감정을 느낀다는 사람은 있습니다. 그렇지만 그건 일시적인 감정에 불과합니다.

행복은 마음먹기에 달려있다고도 말합니다. 맞는 말입니다. 내가 가꾸고 만들어 가야 한다고 하지요. 하지만 이 말에는 조금 다른 견해입니다. 행복을 위해서, 행복하고 싶어서 악착같이 노력하고 무수히 참고 견디어 나가도 치울 수 없는 장애물이 앞에 있다면 얘기가 달라집니다. 내 힘 역부족으로 잡을 수 없는 종류의 행복도 있다는 것입니다. '행복하세요'하고 말하는 인사는 이들과 거리가 먼 이야기로 들릴 것입니다. 그렇더라도 모든

사람들의 공용어로 사용되는 이 인사말을 사용해야 하는 까닭은 누군가
에게는 분명 힘이 되고 위로가 되는 말이란 걸 잘 알기 때문입니다.

내 마음의 보석상자

풍성하고 까만 머리칼을 가진 아기는 엘리베이터를 타고 내리는 동안 사람들의 관심을 듬뿍 받았다.

"와! 머리카락이 어째 저리 새카맣노."

"희한하다. 얼라가 머리숱이 억수로 많네."

어미는 기분 좋은 얼굴로 아기를 안고 한 발짝 한 발짝 조심스럽게 병원 문을 나섰다.

아기가 옹알이를 하기 시작하는 백일쯤의 무렵에 할머니는 아기 머리카락을 다 밀어야 한다고 했지만 어미는 머리숱이 많은데 그럴 필요 없다며

끝까지 고집 부렸다. 아기가 크면서 점점 뻣뻣해지는 자신의 머릿결을 탓했다.

어릴 때 엄마에게 하나뿐인 친구였던 아이가 자라 사춘기가 되어서는 반항하고 제멋대로 굴기 시작했다. 어미는 한숨 쉬는 날이 많았고, 아이는 저 하고 싶은 대로 해야만 직성이 풀리는 성격을 고수하고 어미에게 대들기도 잘했다.
특별히 아이를 달랠 만한 뾰족한 수가 없었던 어미는 신께 기도했다.
아이가 학교로부터나 그 밖에 다른 어떤 곳에서 별다른 문제를 일으키지 않은 게 다행스런 일이었다. 중학교 3학년에 올라가면서 아이는 조금씩 철이 들었다.
한바탕 폭풍우가 몰려왔다 사라져 간듯 잠잠했다.

대학생이 되어 어미 곁에서 멀리 떠나가게 되었을 때 새로운 타지 생활에 대한 기대감과 약간의 두려움을 나타낸 아이와 달리 어미는 딸아이가 떠나기 전날 밤 몰래 눈물을 쏟았다.
그 눈물의 의미는 딸아이를 둔 부모라면 누구라도 잘 알 것이다.
어미는 가끔 한 번씩 집에 오는 딸을 안쓰러우면서도 어여쁘게 바라본다. 보석과도 바꿀 수 없을 정도로 마냥 사랑스러운 딸아이가 지금도 내 마음속의 보석상자 속에서 밝게 빛난다.

분위기

먼저 가볼 만한 카페를 검색해서 찾고 그에 어울리는 옷과 가방, 신발을 준비합니다. 자가용은 없지만 네이버 지도를 이용하여 길 찾기에 대한 도움을 받아서 버스나 지하철을 타고 즐겁게 떠날 수 있습니다.

가끔 길을 가다가 헤매기도 하고 버스를 놓쳐 한참동안 발품을 팔아야 될 때도 있지만 사랑하는 사람과 함께라면 전혀 문제될 것이 없습니다. 함께 손을 잡고 도란도란 이야기를 나누며 지나는 행인들을 쳐다보는 것도 재밌는 일입니다.

화려하지는 않지만 포근하면서도 아기자기한 색채감의 인테리어로 꾸며진 카페 공간이 제 개별적인 취향입니다. 거기다 잔잔한 음악까지 곁들여진다면 금상첨화이지요. 카페에 들어섰을 때 그런 분위기를 느끼게 되면 압도당하기에 충분합니다. 입에서는 절로 감탄사가 흘러나옵니다.

오고 가는 많은 사람들 중에는 연인들도 있고 친구, 지인들도 있습니다. 카페 밖으로 보이는 풍경을 감상하는 것도 참 멋진 일입니다. 좋은 자리를 차지하지 못하게 되더라도 상관없습니다. 커피를 들고 발코니로 나가면 되니까요. 깜깜한 밤이 되면 더욱 더 전망이 끝내주게 좋아 한층 더 분위기 있는 시간을 보낼 수 있습니다. 힐링이 따로 있지 않습니다.

열린 아침

눈을 뜨면 어김없이 찾아오는 반가운 손님,
아침입니다.

하루의 시작을 알리는 아침은 고요한 평화를 몰고와서 잠을 깨웁니다.
보드라운 이불 속에서 쏙 빠져나오는 것이 조금은 힘들기도 하지만 상쾌
한 공기를 마시면 금방 산뜻함을 느낄 수 있습니다. 지저귀는 새소리, 창
문 밖으로 지나는 여러 차량 행렬, 옅게 낀 회색 구름 사이로 보이는 청명
한 하늘은 모두 아침을 일깨우는 산물 또는 부산물들입니다.

손을 더듬어 알람을 끄고 양치질을 한 후에 미지근한 물 500CC를 마십
니다. 소량의 식사와 함께 곁들여진 사과 한 조각을 보약인 양 먹고 출근
준비를 서두릅니다. 아침 시간은 총알 같이 빠르게 지나갑니다. 시계를
계속 주시하는데도 시계 바늘이 휙휙 돌아가 엘리베이터에서 내리는 순
간 차가 있는 곳까지 뛰어야 할 때가 많습니다. 바뀌지 않는 신호등 앞
에서 발을 동동거리는 일도 예사입니다.

일찍부터 문을 열어 손님을 받는 식당과 반찬 가게, 야채 가게가 보입니
다. 편의점 문을 열고 들어가 캔 커피와 토스트 조각을 각각 한 손씩 들
고 나오는 사람, 트럭에서 실어온 과일을 나르는 장사꾼, 한쪽 귀에 이어
폰을 끼고 통화하며 걷는 직장인, 집 가까운 곳으로 여유롭게 출근하는
은행원등 모두 아침 풍경 속에 들어가 있습니다.
바쁘게 움직여 모든 것들이 생기 있어 보이게 하고 생동감이 넘치게 만드
는 아침은 바쁜 하루를 더욱 부추겨댑니다.

큰언니

아파서 거의 식음을 전폐하시다시피 하던 엄마가 당장 어떻게 되실까봐 무서웠습니다. 그런 엄마를 큰언니가 시골 친정집으로 가서 밤낮을 쉬지 않고 돌봤습니다. 식사는 물론 간식과 주전부리까지 일일이 손으로 썰고 다듬고 이가 없는 부모님을 위해 수술한지 얼마 안된 손으로 으깨고 다져서 마련한 음식들을 끼니때마다 약과 함께 챙기고 먹여 드렸습니다. 부모님의 아픈 부위를 살펴 언니가 지니고 있던 약을 찾아 복용시키거나, 환부를 소독하고 연고를 발라 싸매며 치료하는 모습, 대소변 처리, 청소, 환기, 청결유지 등 여러 가지로 환자를 보살피는 모습이 너무나 존경스럽습니다. 먼 지방 대전에서 부모님 수발들기를 자처해서 온 큰언니의 지극정성 덕분으로 엄마의 건강에 차도가 보입니다. 아버지의 얼굴에도 생기가 돕니다. 언니는 추석 때 우리 형제들에게 뼈다귀탕, 백숙, 파전, 국물김치 등 각종 맛있는 요리를 해 주었습니다.

몸이 좋지 못한 언니가 자기 몸 돌볼 생각을 안하고 부모, 형제를 위해 애쓰는 게 고맙고도 안쓰럽습니다. 큰언니를 위해 나는 뭘 할 수 있는지 모르겠습니다. 집으로 돌아와 고맙다는 인사만 카톡으로 남겼습니다.

공감대 형성

산에서 어르신들을 만나면 부러우신듯 우릴 쳐다보며 말씀하신다.
"나도 저 나이 때는 한창 산에 다녔었는데. 지금은 겁이 나서 못가겠어,
참 좋을 때다."
그럼 속으로 이런 생각이 든다.
'나도 저분들 나이가 되면 저런 말을 하겠지?'

우리는 일상용어로 '공감대 형성'이란 말을 즐겨 사용합니다. 글이나 말을
통해 다른 사람들과 소통하면서 마음이 일치되고 감정이 이입됨을 뜻하
는 단어로 적합한 표현이지요.
누군가가 내가 하는 얘기를 듣고 고개를 끄덕이거나 다른 제스처 등으로
공감해 준다는 걸 느낄 때 감동과 위로를 받게 됩니다. 대상은 아무 관계
없습니다. 사람이 될 수도 있고, 동물이나 식물 또는 사물이 될 수도 있
겠죠.
슬픔과 기쁨을 나누면 배가 된다는 것도 함께 공감을 한다는 의미입니
다. 아무나 할 수 있는 일이기도 하지만 쉬운 일은 아닙니다. 내 마음 한
자락을 온전히 내어줄 때 가능한 일이니까요.
오늘 누군가 제 옆에서 힘들어 하는 사람이 있다면 위로해주고 공감해
주고 싶습니다.

상상력을 키우는 법

책을 많이 읽어야 상상력이 생긴다는 걸 말로 듣고 배워서 잘 알고 있습니다.

한 만화가는 어릴 때부터 공상에 빠져 사는 일이 즐겁고 습관처럼 되다보니 어느새 만화가가 되어 있더라고 고백한 내용을 어느 책에서 보았습니다. 둘 다 맞는 말입니다. 우리 사는 삶은 예견된 것이 아니기에 '만약에'라는 명제를 눈앞에 두고 생각을 하거나 판단해야할 경우가 부지기수입니다. 상상력을 필요로 하는 것이지요.

글을 쓰는 사람들은 창의적인 글 한편을 완성하기 위해서 더욱 더 상상력을 발휘해야 합니다. 창작시와 소설 속에 작가의 상상력이 가미된 진솔한 글이 독자의 시선과 마음을 사로잡게 만듭니다.

길을 가다가 혹은 여행 중에 아니면 다른 사람들의 글을 읽으며 영감이 떠오를 때마다 재빨리 메모장에 기록해 두면 좋겠지요. 창의적 생각은 모방을 바탕으로 이루어진다는 사실을 우리 모두 잘 알고 있습니다. 모방에만 심취하고 집중되면 안 되겠지만 독창성을 발현하기 위해서는 비켜가선 안 될 관문같은 것이지요.

상상력이 우리의 뇌와 심장을 뜨겁게 달구고 제 역할을 해서 각자 가지고 있는 능력을 발휘할 수 있었으면 좋겠습니다.

단순한

제가 알고 있는 어떤 사람은 하고 싶은 말을 자유롭게 하고 거침없는 행동을 합니다. 이를테면 차 운전을 하고 가다가 자연스레 욕을 하고 주위 사람들에게 이별 소식도 서슴없이 전합니다. 그냥 단순하게 살아갑니다. 그에 비해 전 할 말 전에 여러 번 생각하고 의도적이지 않은 소극적인 행동을 잘합니다.

가끔씩 아는 길도 물어보아야 하고 청소기, 선풍기 등 집안 물건을 분리해 놓고 잘 끼워 맞출 줄 모릅니다. 누가 좋다면 선의로 받아들이고 부탁을 해오면 거절을 잘 못하는 성격입니다.

다른 사람들 말을 쉽게 믿어 귀가 얇다는 소릴 곧잘 듣곤 해요. 한 가지 생각에 머물면 다른 일에 집중을 잘 못하고 다들 맛없다고 하는 음식을 혼자서 맛있다고 우기며 잘 먹어 핀잔을 듣기도 합니다.

우는 친구에게 자신의 주머니에서 사탕을 꺼내 주는 아이의 모습에 감동을 받고 "선생님 예뻐요." 하는 귀염둥이들의 애교 한마디에 기분이 좋아 껌벅 넘어갑니다.

어느 날은 버스를 기다리며 등에 맨 가방에서 책을 꺼내 읽다 가방을 정류장에 놓고 집으로 돌아오는 바람에 다시 택시를 타고 부랴부랴 찾으러 갔다 왔습니다.

저 또한 이렇게 참 단순하게 살아갑니다.

복잡한 사회 구조 속에서 개개인의 성향에 따라 복잡하거나 단순하게 살아가는 사람들이 있겠지만 너무 고민을 하다보면 할 일을 못하게 되고 주저앉게 될까 겁이 나 저는 단순하다는 소릴 듣더라도 그냥 생긴 대로 살기로 했습니다.

산소가 필요해

공기층에 산소가 없다면 우리는 숨을 쉬며 살아갈 수가 없습니다. 이산화탄소처럼 불량스럽고 기분 나쁜 오염 물질이 가득한 이 지구상에 한 가지 희망이 있다면 그게 무엇일까요? 각자 마음속에 품고 있는 생각들이 다를 것입니다. 저는 사람과의 관계라고 말하고 싶습니다. 단순한 사람이 아닌 미래를 함께 지향해 나가는 끈끈한 유대관계를 말합니다. 힘들고 외로울 때, 지치고 피곤할 때 부르면 곧 달려와 주는 그런 사람, 앙탈에도 귀엽게 받아주는 넉넉한 품을 지닌 사람, 그런 사람이 옆에 있다면 얼마나 좋을까요!

의식이나 호흡 아니면 맥박이 없는 환자에게 필요한 '자동심장충격기'가 요즘은 곳곳에 설치되어 있어 위급한 사람에게 널리 쓰이고 있습니다. 골드타임인 4초 동안 인공호흡실시와 함께 사용하면 생존율을 3배가량 높여 준다고 합니다. 심정지 상태의 환자에게 전기충격을 주어 인위적으로 심장에 산소 공급을 불어주어 심장이 정상적으로 뛰게 하는 것입니다.

자연적이든 인위적이든 산소는 우리 몸에 꼭 필요한 물질입니다. 이렇게 소중한 산소 같은 존재가 하나라도 우리 가까이 있다면 행복한 일이 아닐 수 없습니다. 지금 당장 주위를 한 번 둘러보세요.

책갈피

책을 읽다가 덮어둘 때 읽은 쪽 페이지를 표시해 두기위해 책갈피를 꽂아
둡니다. 지금은 문구점이나 선물가게 등 시중에 가보면 여러 가지 모양과
형형 색깔의 다양한 재료로 만들어진 예쁜 책갈피가 있어 마음대로 골라
사서 쓸 수 있습니다. 책갈피를 굳이 돈 주고 살 생각은 하지 않습니다.
어린 시절 숲으로 가서 예쁜 나뭇잎을 주워 책 사이사이에 끼워 말려서
사용하거나 말린 책갈피에 그림을 그리거나 시를 새기고 손 코팅을 해서
많이 이용했던 생각이 납니다. 가을에 울긋불긋 단풍이 물들 때 비닐봉지
를 들고 동네 뒷산이나 길가에 나가 바람에 떨어진 여러 가지 나뭇잎, 단
풍잎, 그리고 노오란 은행잎을 가득 주워 담아 집으로 왔던 기억도 생생하
게 떠오릅니다. 주워온 나뭇잎들을 두꺼운 책장 사이에 꽂아두었다가 시
간이 한참 지난 후에 발견하기도 했습니다.
나뭇잎으로 예쁘게 꾸며 만든 책갈피를 친구나 가까운 사람들에게 선물
하기도 했습니다.
지금은 서점에 가서 책을 사고 책갈피를 가져 오는 게 선택사항이지만 예
전에는 점원이 무조건 하나씩 꽂아주었던 거 기억나시죠? 주로 옛 시인들
의 글과 그림으로 코팅된 것이었는데 집으로 잘 들고 와서 몇 번 사용하
고는 얼마 지나지 않아 무용지물이 되고 말았지요.
전 지금도 책갈피를 잘 사용하지 않습니다. 책장을 접는 건 내키지 않아
서 책을 읽은 부위까지 책장을 끼워서 덮어둡니다. 그 편이 훨씬 편리하기
때문입니다.
아침저녁으로 선선한 바람이 부는 가을의 문턱에 들어서고 보니 책갈피
에 대한 옛 추억이 떠오릅니다.

회귀성

회귀성의 가장 대표적인 일은 흙에서 나와서 죽으면 다시 흙으로 돌아가는 것입니다. 그 밖에 타향만리 이국에 살던 사람이 나이가 들어가면서 고국으로 돌아오고 싶어 하는 마음, 어린 시절 기억을 더듬으며 '그 시절 그때가 좋았지'하고 회상하는 것, 고향을 찾고 부모님을 더욱 더 그리워하는 마음 등이 있습니다.

회귀성 (귀소본능)을 가진 가장 대표적인 생물은 우리가 잘 알고 있는 연어입니다. 연어는 태어난 강에서 나갔다가 죽을 때가 되면 다시 돌아온다고 합니다. 산란한 새끼 연어들은 강에서 약 1년 정도 살다가 헤엄치며 북태평양까지 갔다가 거기서 3~4년을 살고 산란 때가 되어 몸이 붉어지면 다시 바다를 거슬러서 지구 한 바퀴 가량 되는 거리를 열심히 헤엄쳐 다시 강으로 돌아온다고 하네요. 그때 사람들의 먹잇감 유혹의 표적이 되는 등 스트레스가 어마어마하다고 하는데 종족번식을 위해서 그 모든 걸 감수하고 기꺼이 찾아온답니다. 그 먼 곳까지 갔다가 다시 태어난 모천을 정확히 찾아온다는 건 정말 아이러니한 일이 아닙니다. 연어 외에 철새나 여러 바다 생물들도 그렇습니다. 이는 창조주 하나님의 섭리로밖에 이해할 수 없습니다.

노인이 되어 다섯 살 이전에 먹었던 음식을 우리가 찾게 되는 것은 건강을 되찾게끔 만드는 귀소본능의 성질이라고 합니다. 지금처럼 오염된 환경에서 자란 식물이 아닌 공해 없고 깨끗한 토질의 먹거리를 먹었던 어린 시절 음식 맛을 우리 몸이 인식하는 거겠지요.

그러므로 우리는 회귀성(귀소본능)을 회피하고 살 수가 없습니다.

기회

정작 기회를 놓쳤다는 걸 알았을 때는 시간이 한참 흐르고 난 뒤였다. 기회가 왔다는 걸 감으로 느끼거나 분명히 알고 잡았던 때도 있었다. 그때는 횡재한 기분이 들었다.

코앞으로 다가온 기회를 날려 버렸다는 걸 뒤늦게 알게 되었을 때 한없이 밀려오는 후회는 밥맛을 잃게 할 정도다.

'그때 그랬더라면' '정말 그랬어야 했어' '만약 그랬었더라면' 이런 생각들을 상기하고 머릿속에 떠올리는 건 결코 유쾌한 일이 아니다. 그나마 위로 받을 수 있는 건 내 안에 계신 하나님의 뜻이었다는 걸 인정하고 받아들이는 것이다. 그러면 마음이 조금 편안해진다.

기회는 언제 어느 때, 어떤 모습으로 올지 알 수가 없기에 자꾸 놓쳐 버리는 것 같다. 앞으로 살아가는 동안도 수 없이 많은 기회가 올 거라고 믿는다. 그때는 놓치지 않기 위해 민감하게 반응하고 항상 깨어 있어야겠다.

기회가 왔을 때 선택하는 일로 어려움에 처하기도 한다. 자칫 혼란에 빠질 수도 있다. 신중히 생각하고 검토한 후 판단을 내려야 한다. 밤잠 없이 고민해야할지 모른다.

그리고 모든 기회가 다 좋은 것만은 아니라는 걸 알겠다.

날아가던 솔개가 주인 없는 틈을 타 살찐 닭 한 마리를 재빨리 낚아채는 것처럼 기회는 찰나의 순간에 왔다가 사라지기도 한다.

좋은 기회를 알아채고 포착하면 인생역전이 될 수도 있다.

생각만으로도 짜릿하다.

기회가 아무에게나 오지 않는 것이 아니라 아무나 잡지 못하는 것이라고 말하고 싶다.

기회는 잡는 사람이 임자다.

이미 놓쳐 버린 기회들에 매달려 아까운 시간을 허비하지 말고 앞으로 다가올 기회를 기다리며 단단히 붙잡을 준비를 하는 것이 현명한 일이 아니겠는가!

타닥타닥 모닥불

대학생 MT나 직장인들 단체모임인 캠프파이어를 가서 밤이 되면 모닥불을 피워놓고 빙 둘러앉아 노래를 부르거나 게임을 합니다.

이 시간은 왠지 모든 사람들의 마음이 통하는 것 같고 하나가 되는 느낌입니다. 진실한 얘기를 나누며 서로 위로를 받거나 인정받는 기분이 되어 눈물이 나고 괜히 센치해지기도 합니다.

빨갛게 타오르는 불꽃을 보면 그 순간만큼은 세상사에 찌든 더러움이 걷히고 맑은 영혼이 되살아나는 듯 합니다.

마음이 경건해지는 시간이기도 하지요.

인간관계에서 상처를 받은 사람들도 용서라는 단어를 머릿속에 떠올릴지도 모릅니다. 모든 악한 감정에서 벗어나 깨끗하고 선한 마음 갖기를 진심으로 바랄 수도 있습니다.

낡은 기억들은 깨끗이 묻어두고 새로운 기분으로 앞으로의 일들을 다짐합니다. 동료들과 친목을 도모하거나 화합하는 이 시간은 다시 오지 못할 소중한 순간들입니다.

어릴 적 내 고향 시골에서는 해마다 여름밤이 되면 모닥불을 피웠습니다. 지금처럼 에프킬라나 모기향 등을 구할 수 없어 불을 피워 연기로 사람 몸에 붙어 피를 빨아먹는 모기를 퇴치하기위해 마당에 모닥불을 피웠습니다. 그러면 신기하게도 시간이 지나면 더 이상 모기로 인한 성가신 일이 줄어든 걸 느끼곤 했습니다.

불꽃 연기는 모기 잡기에 충분했고 타다 남은 불씨에 감자나 고구마를 구워먹기도 했는데 그 맛이 정말 기가 막히게 맛있었지요.

제 기억속에 남아있는 모닥불의 기억입니다.

마음은

몸에 병을 얻어 치료받기도 하지만 마음이 병들어 치료를 하기도 합니다. 우리 마음은 본질적으로나 여러 가지 생활환경에 따른 영향을 받아서 순간순간 달라집니다. 그에 잘 적응하고 순응해 나가면 아무 문제없겠지만 때론 잘 따라가지 못해 낙오자가 되거나 갈팡질팡 거리고 허우적대다가 그 속에 꼼짝없이 갇혀 비리거나 혼란에 휩싸여 온전치 못한 마음 상태가 되곤 합니다. 정신착란에 빠져 환상, 환각 증세를 보이거나 광란. 발작 등의 증세를 유발하게 되고 우울증에 걸리거나, 자살기도 등의 자해 행각을 하기도 합니다. 이를 모두 통틀어 정신병이라고 부릅니다. 이쯤 되면 전문가의 도움이 필요합니다.

'일체유심조'란 말이 있습니다. '모든 건 마음먹기에 달려 있다'는 뜻이죠. 쉬우면서도 어려운 말입니다. 내 마음 내가 잘 지켜 나가야 하는데 그렇지 못해 힘들어 하는 경우가 있습니다. 누군가에게 강한 집착을 보인다거나 감정 컨트롤이 되지 않아 스토커가 되고 폭력을 휘두르는 사람도 있습니다. 딱하고 비참하지 않을 수 없는 일이지요.

마음은 시시각각 움직입니다. 오늘 새끼손가락 걸고 변치 말자고 약속했던 연인들이나 친구들이 내일 당장 마음이 변해 돌아서서 남이 되기도 합니다. 원수처럼 지내던 사람들이 서로 용서를 하고 재회해서 화목하게 살아가는 모습은 마땅히 칭찬받을 일입니다. 아주 드문 일이지만 말입니다.

다른 사람의 마음 한 자락 잡는 일은 쉬운 일이 아닙니다. 공을 들이고 노력을 기울여야 얻을 수 있는 일입니다. 내 마음을 먼저 내 보여야 가능합니다.

누구나 외로움을 느낀다

목석같은 사람이라고 해서 외로운 감정을 느끼지 못하는 건 아니다. 이것은 사람과의 관계에서 빚어지는 일이 많지만 때로는 본인 스스로의 감정을 돌파하지 못하는데서 오는 경우도 허다하다.

만약 사람으로부터 기인된 외로움이라면 딱히 어떤 거라고 꼬집어 말 할 수는 없지만 약 같은 처방을 받아서라도 극복할 수 있는 빠른 대처가 필요하다. 구렁텅이에 빠지지 않기 위해, 타락하는 길로 접어드는 걸 막기 위해서는 반드시 현명하고 알맞은 방법을 찾고 적용해서 하루 속히 빠져나와야 한다. 집착은 미련한 것이란 걸 인정할 필요가 있으며 다시 되짚어보는 어리석음을 범하지도 말아야 한다. 평범한 일상으로 돌아올 수 있도록 자신의 감정을 잘 추스르고 자존감을 회복해야 한다. 이때 본인의 의지로 힘들다면 다른 사람들로부터나 외부적인 도움을 받는 것도 아주 좋은 방법이다.

본인 스스로 얽어매는 종류의 외로움이라면 시간의 흐름을 기다리는 것이 방법일 수 있다. 이때도 다른 누군가의 도움을 받거나 부수적인 것에 몰두하는 것도 괜찮다. 외로운 감정을 자연스럽게 받아들이고 젖어드는 사람은 참으로 고독과 낭만을 즐길 줄 아는 사람이라 할 수 있다.

어차피 사람은 외로운 존재이기에 어떻게 받아들이느냐에 따라 외로움의 부피감이 크고 작음이 결정되기도 할 것이다.

외로움은 오래 끌어안지 말고 되도록 빨리 놔 버려야 한다. 건강의 이로움을 위해서다.

밤하늘

버스를 세 번 갈아타고 아들과 함께 시골 친정집에 오는 길이었습니다. 시골이라 도시보다는 덜 더울 거라 생각했는데 오히려 햇살이 더 뜨겁게 피부에 와 닿고 체감온도 또한 상당히 높게 느껴졌습니다. 그래서 시골 버스를 기다리지 못하고 택시를 타고 들어왔습니다. 에어컨 없는 시골집에 도착해서도 사정은 다르지 않았습니다. 아들은 덥다고 난리를 피우더니 조금 있다 낮잠에 빠져들었네요.

쓰르라미와 매미는 시끄럽게 노래 부르고 들에 핀 곡식이 잘 영글어가는 여름날의 풍경은 조용히 펼쳐집니다.

해가 지고 어둠이 이미 내리기 시작한 시골집 마당에 홀로 나와 앉아 밤 하늘을 바라봅니다.

구름을 뒤로 물리고 까만 먹물을 발라놓은 듯한 밤하늘엔 별이 달을 앞 세우고 나와서 하나 둘씩 빛을 비추기 시작합니다.

축 늘어진 나뭇가지들은 어둠에 묻혀 유령의 그것인 양 조금 무섭게 보입 니다. 낮 동안 지겹도록 울어대던 매미소리는 잦아들었고 잠 못 든 개구 리 울음소리만이 밤의 적막을 깨우네요.

쉴 새 없이 땀방울을 흘리게 하던 해님도 잠자고 나뭇잎 하나 흔들지 않 는 바람은 기적도 하지 않습니다.

달랑 두 채에 들어앉은 식구들은 모두 꿈나라 여행을 떠나고 잠 못 드는 이내 심정을 아는지 모르는지 산사의 밤은 점점 깊어만 갑니다.

고향 시골집에 와서 부모님을 뵐 때마다 느끼는 감정으로 반가움 마음 반, 걱정스런 맘 반으로 가슴이 저릿저릿합니다.

병드신 부모님을 생각하며 잠 못 드는 이 밤 밤하늘을 쳐다봅니다.

인생은

이 세상에 태어나고 싶어서 태어났다는 사람이 과연 얼마나 될까요? 나고 죽는 것은 정해진 것도 아니고 순서도 따로 없습니다.

철모르던 어린 시절 가난해서 돈 때문에 늘 다투시는 부모님을 원망했습니다. 공부도 포기하고 친구와 함께 가출까지 결행했지요. 그때는 정말 지긋지긋한 가정 형편으로부터 멀리 멀리 달아나고 싶다는 생각뿐이었습니다.

어른이 되고 나서야 부모 인생, 자식 인생의 갈 길이 다르다는 걸 알았습니다. 붙잡는다고 해서 붙잡힐 것도 아니지만 굳이 붙잡을 이유가 없다는 것도 알게 되었습니다.

인생은 스스로 개척해 나가는 것입니다. 개과천선 하는 사람이 있고 개천에서 용났다는 말을 듣는 사람도 있습니다. 어떻게 살아가느냐에 따라 다른 사람들에게 나의 가치가 평가되곤 합니다.

인생은 때로 아이러니합니다. 만나야 할 사람은 만나지지 않고 만나지 말아야 할 사람을 만나게 되는 악순환이 일어나기도 하고 전혀 생각지도 못한 곳에서 아는 사람을 만나 반가워하거나 그 반대가 되는 일도 벌어집니다.

우리는 자만하지 말고 살아야 합니다. 집착과 욕심을 내려놓고 항상 겸허한 마음을 가져야 합니다. 다른 사람을 미워하거나 원망하지도 말아야 합니다.

인생을 살면서 '인과응보'라는 말을 가장 두려워했습니다. 원인 없는 결과
가 없듯 모든 건 자업자득으로 이루어진다는 걸 잘 알기 때문이죠.
인생은 미완성이기에 우리는 끝없이 펼쳐나가야 합니다. 종국에 가서 어
떤 그림의 모습으로 서 있을지는 아무도 모릅니다.

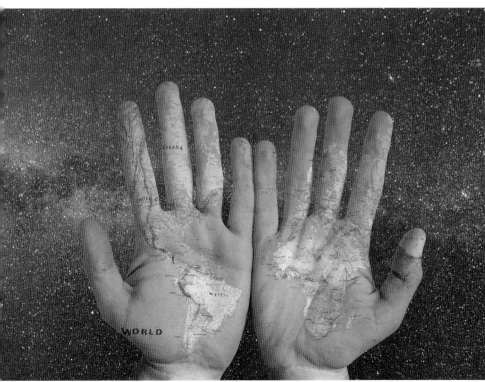

영원한 것은 없습니다

손가락 걸어 영원히 변치 말자고 약속하지만 그 약속을 끝까지 지켜 나가는 게 쉬운 일은 아닙니다. 세상 만물이 세월의 흐름에 따라 변하고 달라지듯이 사람의 마음도 영향을 받기 때문입니다. 한 번 맺은 언약을 철석같이 믿었는데 배신당하는 일이 생긴다면 어떻게 감당할 수 있을까요!

길가에 떨어진 돌멩이도 지나는 행인의 발길에 채여 홈집이 나고 바닷속에 잠긴 바윗덩어리도 큰 파도에 밀려 깎여지고 모양이 변하는 건 당연한 이치입니다. 사람은 나이가 들어감에 성질이 달라지고 겉모습이 바뀌어 가면서 나이는 숫자에 불과하다는 말에 그저 위안을 받습니다.

영원이라는 달콤한 말에 꿰어 사랑에 속고, 돈에 우는 일은 살아가면서 꼭 피해야 할 일입니다. 그러기 위해서는 내 마음 내가 잘 다스리고 스스로 굳건하게 지켜야 하겠지요.

십년지기 친구가 서로 주고받던 말 몇 마디 때문에 토라지고 연락까지 단절한 슬픈 일이 제게 일어났습니다. 그때 우리 우정도 영원하지 않다는 걸 깨달았습니다.

갑자기

살아가면서 한 번씩 절실히 느끼는 일이 있는데 그건 바로 아무 일도 일어나지 않고 평범한 하루를 보낼 수 있다는 것이 바로 행복한 삶이라는 것입니다. 잔잔하고 평화스런 일상이 연이어 계속되는 중에 갑자기 안 좋은 일이 벌어진다면 당황하게 되어 우왕좌왕 할 것입니다. 분별력이 떨어지고 판단력 또한 흐려져 상황파악이 어려워지면서 빠른 대처능력을 상실하게 될지도 모릅니다.

죽음, 자연재해, 명예퇴직, 배신, 사기, 폭행 등 다양한 일이 갑작스럽게 찾아올 수 있는데 이런 일 앞에서 우리는 무릎 꿇고 망연자실하며 주저앉게 됩니다. 인간의 한없이 나약한 모습이 노출되는 것이지요.

반대로 갑자기 찾아오는 희소식은 우리를 들뜨게 하고 희망에 젖게 만듭니다. 상상의 나래를 펴며 꿈과 현실의 공간을 넘나들게 합니다.

갑자기 내린 소나기에 옷이 흠뻑 젖었을 때의 기분 별로 느끼고 싶지 않습니다.

요즘 같은 장마철 언제 갑자기 비가 쏟아질지 모르니 미리 우산을 준비해 다니는 것은 필수겠죠?

인생은 미완성

'실패는 성공의 어머니'라는 우리 속담에는 도전하지 않으면 실패도, 성공도 없다는 뜻이 내포되어 있습니다. 이를 달리 해석해 보면 어떠한 도전이 있고서야 완성이 있거나, 미완성이 있다는 뜻이 되기도 합니다. 미완성은 완성이라는 가능성을 전제로 두고 말합니다. 아직 이룩하지 못한 것들이 노력에 의해서 충분히 이루어질 수 있음을 이야기 하는 것이지요.

우리네 인생은 아직 미완성입니다. 지식과 지혜를 기반 삼아 하루하루 삶을 구축해 나가다보면 언젠가는 자신이 그린 삶의 모습을 완성해 나가는 걸 똑똑히 지켜 볼 수 있는 날이 올 것입니다. 하지만 노력 없인 불가능 하다는 것을 잘 알고 계실 것입니다.

저마다 이루고자 하는 미완성의 그림을 완성해 나가기 위해서는 반드시 상당한 노력의 뒷받침이 필요합니다. 그리고 그 노력은 본인의 수고나 때로는 희생이 뒤따라야 함도 불사해야 할지도 모르는 것이고요. 장담하건데 그렇다고 해서 모두 완성에 도달하는 건 아닙니다. 어차피 우리 인간은 불완전한 존재이기 때문이죠. 그럼에도 불구하고 우리는 절대로 노력을 게을리 해서는 안 됩니다. 그건 아예 회피하는 것이고 영원히 미완성인 채로 쓸쓸하게 남겨지게 되는 일이기 때문이죠.

자신의 삶을 미완성인 채로 남겨두고 싶은 사람은 아무도 없을 것입니다.

모든 분들의 마음속에 새긴 지도의 완성도를 지켜보고 싶습니다.

진심은 반드시 통하게 되어있다

진실은 언젠간 반드시 밝혀지게 되어있고
진심은 서로 반드시 통하게 되어 있다.
화살보다 더 빠른 빛의 속도로……

우리는 누구나 진심어린 마음을 가지고 있습니다. 상대방의 마음을 잘 알 수 있는 때는 어떤 위기에 닥쳤을 때 입니다. 그때 피하거나, 서로 같이 고민하거나 둘 중 하나입니다. 그리고 결론이 납니다.

돈 앞에 서면 진심은 더 확실하게 보입니다. 한낱 종이쪽에 불과한 돈에 더 집착이 가게 되어 말로 했던 맹세는 물거품을 만들어 버리는 사람도 있고 물불 가리지 않고 한 마음을 지키기 위해서 그깟 돈을 과감히 포기하는 사람도 있습니다. 어느 쪽이 정말 진실한 사람인지는 누구나 잘 알 것 입니다.

물론 예외가 있긴 합니다. 먹고 죽으려고 해도 돈이 없어 그러지 못한다는 사람입니다. 하지만 이 사람의 진심은 알 수 없습니다.

말로만 하는 맹세는 헛된 맹세입니다. 행동으로 옮겨지는 맹세가 진실된 진심어린 마음이며 이 마음은 끝까지 살아 있다고 믿어도 될 것입니다.

우리는 상대방을 대함에 있어 진심어린 마음이어야 합니다. 그래야 관계가 오랫동안 유지됩니다.

소설 같은 인생

우리 삶을 압축해서 소개한다면 소설과 같습니다. 파란만장한 일대기속에 흥미를 넘어 희, 노, 애, 락이 다 들어있습니다.
그렇기에 우리는 저마다 다양하게 살아온 자신의 이야기로 소설책한 권은 거뜬히 쓸 수 능력을 가지고 있습니다.

내 삶의 주인공은 바로 나입니다. 해피엔딩이 될지 새드엔딩이 될지는 자신의 노력 여하에 달려있지만 때대로 운명적인 일이 벌어지기도 합니다. 소설책 이야기처럼 반전이 일어나는 아이러니를 경험하기도 하지요. 백마 탄 왕자가 나타나기를 기다리는 건 어릴 적 공상입니다. 이제는 헛된 공상에서 벗어나 내 삶을 그 무엇도 흔들지 못하도록 단단히 붙들고 멋지게 펼쳐 나가시며 남은 인생 해피엔딩 소설속 주인공이 되시기를 바라겠습니다.

이별 후

어리석은 사람을 군이 분류해 보자면 내 기준에서 생각하기를 '그때 그랬어야 했어' '그러지 말걸' 하고 뒤늦게 후회하게 되는 사람이라고 판단합니다. 이런 사람에게는 이미 이별이란 거대한 실체가 눈앞으로 다가와 있기 때문입니다. 더 이상 아무 소용없음을 깨달을 일만 남았습니다. 용서도 가차 없습니다. 우리는 이별 앞에 서면 막막한 심정이 되고 뜨거운 눈물을 흘리기도 합니다. 서로 합의하에 이루어진 게 아니라면 더욱 참기 힘든 법입니다. 그렇게 되지 않으려면 이별 전에 후회될 행동을 하지 않아야 되겠지요.

그렇지만 이별 후에는 떠나야 한다는 건 정해진 사실입니다.

모진 아픔을 감수하고서라도……

오늘 하루 누군가는 이별을 맞고 그 누군가는 이별의 기로에 서 있는 사람이 있을 것입니다. 그 아픔이 너무 크지 않기를 바래봅니다.

부산 금정산 하늘릿지를 다녀와서

- 2020. 11. 23. 월

어제 아침부터 부슬부슬 내리던 비는 점심때를 지나 멈추었지만 쌀쌀한 기온을 잔뜩 몰고 올 것 같은 예감이 들었다. 그래서 밤에는 내일 산행하는데 날씨가 추울까봐 근심하다가 까무룩 잠이 들었다.

날이 밝아 바깥 날씨를 가늠하기 위해 창을 열고 집 안으로 공기를 들여보냈다. 피부로 전해지는 기운이 그다지 차갑게 느껴지지 않아 다행이라는 생각이 들었다. 그래도 혹시나 해서 겉옷 하나를 더 챙겨 등산 가방에 넣고 약속 장소인 호포역으로 가는 지하철을 탔다. 오늘 일행은 다섯 명이었다.

우리는 이구동성으로 날씨가 따뜻해서 좋다는 말을 하며 가벼운 발걸음으로 산길 초입에 들어섰다. 얼마 못가서 마주한 독사바위는 날카로운 눈과 기다란 몸뚱이를 취하고 있는 것이, 진짜 독사의 모습과 많이 닮아 있었다. 이것도 기념이라며 무섭게 노려보고 있는 독사바위에 성큼 올라간 우리는 사진 한 컷씩을 찍고 본격적인 산길 오르기를 시작했다.

일주일이 넘도록 산행을 쉬었다가 다시 시작하게 된 나는 그동안 체력이 저하 되었는지 오르막길을 오를 때 숨이 많이 가빴다. 할 수 없이 내 페이스에 맞게 보폭조절을 하며 올라가다 보니 일행들과의 간격이 벌어졌지만 한참을 앞서 가던 그들은 내가 숨이 목구멍까지 차오를 때마다 기다려 주는 배려를 잊지 않았다. 산에는 우리 일행 말고도 멋지게 한 쌍을 이룬 남녀와 팔팔한 기운이 느껴지는 두 명의 남자들로 짝을 지어 온 사람들이 더 있었는데 우리는 그들과 간간이 말을 섞으며 길 안내도 자처했다. 늦가을의 진풍경으로, 바닥에 뒹구는 낙엽이 지나는 행인들의 발길에 채어 이리저리 흩어지고, 앙상한 모습으로 서 있는 나무들은 마지막 잎사귀까지 모조리 털어내기 위해 안간힘을 쏟고 있었다. 하늘은 구름 한 점, 먼지 한 점 없는 청명한 파란색이었다. 재빠르게 날아다니는 까마귀 몇 마리가 제 소리를 내며 머리 위를 선회하고, 간혹 겁먹은 눈망울의 날다람쥐가 눈치를 살피며 하는 몸짓은 너무 귀여워 가까이 가게 만들었다. 오르막길이 거의 끝나 간다고 생각되었을 때 눈앞에 굵고 하얀 밧줄이 보였다. 이제부터는 릿지 타기 모험이 시작된다는 것을 알려주는 표시였다. 조금 더 가자 넓고 웅장한 하늘 문이 열렸다. 비바람을 막아 주는 움집처럼 생긴 바위와 대포처럼 네모나고 뾰족한 모양을 한 바위가 제일 먼저 눈에 들어왔다. 산대장님 설명에 따라 개뼈다귀바위, 보트바위, 안장바위들은 실제의 모습과 아주 흡사하게 생겼다. 우리는 그것들에 걸터앉았거나 일어서서 스틱을 노 삼아 젓거나 말안장바위에 앉아 채찍질을 하며 그에 어울리는 흉내를 내 보았다. 그 외에도 옥황상제바위, 태극날개바위 등이 제 각각 다른 형태를 취한 수많은 바위들 속에서 자신의 자태를 뽐내고 있었다. 오르막길을 계속 쭉 가는 것보다 바위를 타고 올라가는 편이 훨씬 힘이 덜 들고 재미있다는 걸 그동안의 경험으로 알게 되었다. 물론 사람에 따라 다르겠지만 내 경우는 그랬다. 특히 긴 밧줄에 매달려 올라 갈 때는 타잔이 정글에서 밧줄을 타고 나무를 건너는 모습을 연상하게 만들어 일부러 소리를 질러 보았다. 밧줄 없이 오직 두 팔과 두 다리에만 의지하여 오를 때에는 바위를 부서져라 움켜잡고 놓지 않았다. 바위는 꿈쩍도 하지 않았다. 세상의 모든 바위들을 다 옮겨 놓았나 싶은 생각이 들게 할 만큼 바위 군집단을 이룬 그곳에서 우리는 저마다 마음에 드는 바위를 골라 사진을 찍었다. 동서남북으로 병풍을 쳐놓은 듯 즐비하게 늘어서 있는 바위 위에서 멋진 포즈가 자연스럽게 나오기도 했다. 사진 찍기 놀이에 한창 열을 올리고 있는데 일행 중 한 명이 '금강산도 식후경'하며 외치는 소리에 웃었지만 모두가 배가 고픈 참이었다. 평평한 바위를 찾아 둘러앉고는 각자 준비해 온 도시락을 꺼냈다. 난 시골에서 갓 찧은 햅쌀로 지은 밥을 맛보며 옆 사람이 가지고 온 라면을 얻어먹었다. 햇살이 비치고 있어 춥지는 않았지만 따뜻한 라면 국물을 들이켜니 맛도 좋고 속도 따뜻했다. 후식으로는 사과, 귤, 감 등의 과일과 톳 젤리, 계란, 과자 그리고 내가 가져온 약과와 브로콜리와 양배추 즙을 모두 함께 나눠 먹으며 포만감에 배를 두드리기도 했다.

다시 시작된 산행에서도 바위를 배경삼아 사진 찍는 일이 계속되었다. 모델은 여러 명인데, 사진사는 단 한 명이었지만 열과 성의를 다해 찍어주시는 수고에 깊이 감사했다. 가끔은 서로가 서로를 향해 찍어 주기도 했지만 대부분은 사진사로 자처하신 대장님이 찍어 주었는데 과연 기술적인 면이 뛰어났다.

건너편으로 보이는 고단봉은 애초 계획에 없었던 코스라 아쉽지만 다음에 오르기로 기약하고 하산 길로 접어들었다. 내려오는 길은 스틱 사용이 필요치 않을 정도로 편평한 비단길이어서 우리는 노래를 흥얼거리거나 이야기를 주고받으며 쉬엄쉬엄 걸었다. 산을 다 내려와서 만보기를 보니 만 오천 보 가량을 걸었다는 기록이 나왔다. 산행 시간은 약 6시간 반 가까이 걸렸으나 바위에 오르는 시간이 많았고, 또 사진 찍는데도 많은 시간을 소비했는지라 정작 걷는 시간은 얼마 안 되었던 것이다.

우리는 카페에 들러 아이스커피 한 잔, 자몽에이드 한 잔 그리고 따뜻한 유자차 세 잔을 시켜 놓고, 이야기를 조금 더 나눈 후, 아쉬움을 뒤로 한 채 헤어져 각자의 집으로 돌아갔다.

가을

청초한 하늘아래 눈부시게 햇빛이 찬란했던 가을날, 설레는 마음으로 등산길에 올랐다. 산길 초입을 들어서서 얼마 못가 마주하게 된 첫 공룡 릿지 구간에서 순간 두려움이 앞섰지만 일행들의 합심으로 안전하게 정복하게 되어, 가슴속으로 스며드는 짜릿한 쾌감과 전율이 온 몸을 휘감아 스릴만점의 최고조에 이르렀다.

10월의 마지막 하루를 앞두고 가을을 맞이하여 절정을 이룬 천성산의 자태는 빼어나게 아름다웠다. 마치 온갖 알록달록한 물감을 가져다가 흩뿌려 놓은 것처럼 형형색색으로 곱게 물든 단풍나무들이 사방팔방으로 배수진을 친 듯 빽빽하게 둘러싸여 있었고, 산 아래로 내려다보이는 협곡을 따라 펼쳐진 경관 또한 한 폭의 그림을 수놓은 듯 화려한 것이, 눈에 넣어도 전혀 아깝지 않을 장면들이었다.

깊은 산속을 향해 한 걸음, 한 걸음 가까이 다가설 때마다 더 짙게 물들어 매혹적이다 못해 고혹적으로 느껴지는 단풍 빛깔의 황홀감에 젖어 입에서는 절로 감탄사가 쏟아져 나왔다. 가끔씩 뛰어난 경치에 마음을 빼앗겨 한 눈을 팔다가 낙엽이 수북이 쌓인 길에서 미끄러지는 일은 그저 예사로 넘겼지만 산행 도중 불쑥 불쑥 튀어나오는 뱀의 출몰은 내 심장을 얼어붙게 만들었다. 다행히 나보다 앞선 일행 중의 한 명이 먼저 발견하고 알려주었기 망정이지 , 내 눈에 먼저 띄었더라면 아마도 놀라 자빠졌을 것이다. 난 그 정체가 너무 무섭고 징그러워서 비명을 지르며 재빨리 도망쳤다.

자연이 우리에게 주는 선물은 너무나도 큰 것들이었다. 알맞게 간간이 부는 바람으로 인해 땀방울이 씻겨 지고, 우뚝 솟은 바위들은 타고 오를 때마다 짜릿한 기분과 흥분된 감정을 느끼게 해 주었다.

그리고 알록달록 때때옷으로 갈아입은 울긋불긋한 짚북재 단풍은 눈요 기 감으로 최고였으며, 코끝을 간질이는 시원한 솔향기에 맘껏 취하기도 했다. 이루 말로 다 형용할 수 없을 정도로 아름다운 풍광 속에서 포토 존이 따로 필요 없었기에 우리는 곳곳에서 포즈를 취하며 사진을 찍는데 한동안 시간을 쏟아 부었다.

경사진 길과 제각각 다르게 생긴 릿지 구간을 지날 때는 항상 안전을 염 두에 두고 서로 챙기는 일행들의 따뜻한 마음을 엿볼 수 있었다. 능선을 넘으면서 보조를 맞추어 여유로운 표정으로 이야기를 나누며 걷는 것도 좋았지만, 무엇보다 철옹성처럼 세워져 있는 다섯 개의 봉우리를 다 넘고 정상에 도착해서 먹는 점심 맛은 그야말로 꿀맛이었다. 가을의 끝자락에 접어들어 추위를 느낄 만한 날씨였지만 음식을 먹는 동안 따스한 햇살이 머리 위로 비쳐주어 추위를 막아주고 아늑한 공간을 만들어 주었다. 이 또한 자연이 우리에게 덤으로 주는 선물이었다.

충분한 휴식을 취하고 우리가 하산 길에 올랐을 때는 서산 넘어 해도 기 울어 가고 있었다. 잠바를 꺼내 걸쳐 입었기에 추위는 느끼지 않았지만 온통 흙무덤으로 덮인 내리막길이 상당히 미끄러웠기에 넘어지지 않기 위해서 스틱을 잡은 손에 단단히 힘을 주며 한 발 한 발 조심스럽게 앞을 내딛어야 했다. 다행히도 심하게 경사지고 가파른 길은 그리 오래 이어지 지 않고 끝나 계곡에 당도했다. 이때부터는 계곡 트레킹이 시작 되었는데 넓게 나 있는 길을 따라 앞으로 쭉 걸어가면 되는 것이었다. 자연의 품안 에서 즐거움을 만끽하는 일도 기분 좋은 일이었지만 멋진 풍경을 배경으 로 자연과 하나 되어 사진을 찍는 일 또한 값진 일 중의 하나였다. 왜냐 하면 먼 훗날 추억을 회상할 때 가장 소중히 간직하고 남길 수 있는 것이 사진이기 때문이다.

우리가 하산 길을 거의 다 내려 왔을 때에야 땅거미가 지기 시작했다. 옷에 묻은 흙먼지를 먼지털이로 날려 보내며 입으로는 고단한 한숨을 내쉬었지만 무언가를 해 내었다는 뿌듯함에 마음만은 깃털처럼 가벼웠다. 우리 일행은 무사안일의 기쁨을 자축하며 인사를 하고 각자 나누어 타고 온 차에 올라 집으로 향했다.

난장판

태초에 하나님은 이 세상을 지으실 때 질서 있고 조화롭게 만물을 창조하
셨습니다. 순조롭게 태어난 생명체가 처음엔 하나님에게 기쁜 존재였지만
점점 타락하고 난장판이 되어 가면서 몰락한 형국으로 치달아 하나님을
노여워하게 만들었습니다.

방탕하고 음흉함에 물들어 갖가지 죄를 범하고도 잘못을 인정하지 못하
는 인간들의 난장판인 삶에 환멸을 느낀 하나님은 결국 노를 일으켜 세상
을 멸하셨습니다. 그리고 조용히 슬퍼하셨습니다.

길거리에 떨어진 쓰레기들, 각종 쌓이고 흩어져 있는 오물들의 형체를 보
고 난장판이라는 말을 떠올릴 수도 있겠지만 방탕하고 문란한 인간들이
모여 뒤죽박죽 된 삶을 난장판이라 치부해도 좋겠습니다. 음주, 음란, 피폐
함 들이 난무하는 지금 이 세상 실태를 대변하는 말이라 해도 틀리지 않을
것입니다.

우리는 지금 어지러운 난장판 속에 섞여 살고 있으며 거기서 살아남기 위
해 하루하루 발버둥 치면서 버텨 나가고 있는 게 현실이지요.

아이들이 장난감을 방 안 가득 늘어놓고 있을 때도 난장판 이라는 단어를
사용하지만 이때는 그냥 어질러 있는 상태를 말할 뿐입니다. 다른 느낌까
지 곁들여 생각할 필요가 없는 것이지요.

누구나 난장판이 된 곳에 가 있다면 불쾌한 감정을 느껴 그곳으로부터 빨
리 벗어나고 싶어 하지요. 우리 마음이 복잡 미묘하게 얽혀 있을 때 난잡한

감정이라 표현하는 것이 타당합니다. 그런 감정을 느끼지 않기 위해서는 항상 자신의 마음을 잘 들여다보고 바르게 다스릴 수 있도록 노력해야 합니다.

만약 지금도 혹시 뒤죽박죽 된 난잡한 마음 상태를 지니고 계신 분이 있다면 한시라도 빨리 빠져 나오게 되시길 바라겠습니다.

표현

사랑이란 표현하는 것입니다.
속을 뒤집어 꺼내놓을 순 없지만
알찬 사랑이 가득하다고 한들 무슨 소용 있나요.
짐짓 머뭇거리다가 소중한 사람을 놓쳐버리는 어리석음을 범하고 싶진
않겠지요.
생각 속에 갇혀 갈피를 못 잡고 허둥대는 순간에도 마음의 물결만은 정
신없이 출렁댑니다.
곁에 있는 사람에게 진실함을 드러내는 일이 때로는 어려울 때도 종종
있지만 떠나 버린 후에 미련을 곱씹으며 후회하는 건 더욱 더 참기 힘든
일입니다.
사랑이란 두 글자를 손으로 쓰다듬으며 입 밖으로 날릴 때 비로소 사랑
이 살아 움직이기 시작합니다.

표현하지 않는 사람의 마음은 통 알지 못합니다.
그래서 우리는 가까운 사람과 사소한 오해를 사고 갈등을 빚기도 합니
다. 사랑하는 사람이 떠나고 내가 떠나가기도 합니다.
표현하는 것으로 그 누군가에게 힘을 더해 줄 수 있다면 난 기꺼이 그렇
게 할 것입니다.

어느 날 잃었던 내 사랑이 다시 찾아 돌아와 준다면 이제는 주저 없이 말하려 합니다. "당신을 사랑합니다."라고 말입니다.

그때는 표현하는 방법을 몰랐기에 한 사람을 영영 잃어버린 아픔이 생겨났습니다.

이제 난 표현하는 것에 아주 익숙해졌으며, 표현 할 줄 아는 사람을 참 좋아합니다.

사랑이란 말과 행동으로 상대방에게 내 마음을 전하는 것입니다. 그래야 완전하게 사랑이 이루어집니다.